独立日

The Road
To The Independence

年轻的日子会发光

少数人的生活

默之书

野孩子的默剧出走

姚尚德 著

生活·讀書·新知三联书店 生活書店出版有限公司

《默之书 · 野孩子的默剧出走》由西部国家版权交易中心有限公司和生活书店出版有限公司联合策划© 远流出版事业股份有限公司2015

本书部分内容由远流出版事业股份有限公司授权出版，本版限在中国大陆发行。

图书在版编目（CIP）数据

默之书·野孩子的默剧出走 / 姚尚德著. -- 北京：生活书店出版有限公司, 2019.6

ISBN 978-7-80768-269-1

Ⅰ. ①默… Ⅱ. ①姚… Ⅲ. ①纪实文学 – 中国 – 当代 Ⅳ. ①I25

中国版本图书馆CIP数据核字(2018)第237687号

策划编辑 邝 芮
责任编辑 李方晴 邝 芮
装帧设计 罗 洪
责任印制 常宁强
出版发行 **生活書店出版有限公司**
（北京市东城区美术馆东街22号）
邮 编 100010
经 销 新华书店
印 刷 北京顶佳世纪印刷有限公司
版 次 2019年6月北京第1版
2019年6月北京第1次印刷
开 本 787毫米 × 1092毫米 1/32 印张10.125
字 数 155千字 图48幅
印 数 0,001–5,000册
定 价 44.00元
（印装查询：010–64052066；邮购查询：010–84010542）

谨以此书献给

苏淑萍

姚企涛

我的家人

一切都过去了。今天我知道向美致敬。

——韩波

自序
孤独，及其所创造的

害怕吗？

每次出走前，我总这么问自己。

2011年，借由云门流浪者计划，我以“默剧出走”的形式独自走过中国二十几个地方。出发前，我几乎一无所有，工作与生活全都陷入瓶颈，积债累累，与家人的关系也降至冰点；三个月的行走，那自幼便在我生命中反复出现的不确定性更有如心魔般地紧紧跟随。旅途至半，因为疲倦和茫然感，我瘫坐在成都街头，脸上已经涂画了五个多小时的默剧妆被泪水与汗水刮花，渗入眼睛里的油彩刺辣辣地让我紧闭起双眼，世界陷入一片短暂的黑暗中。这趟出走的意义到底在哪里？更多实际的问题横摆在旅程终点线之后，那是无法拖延的现实。尽管带着恐惧，我最终还是睁开了眼，起身，面对民众打量的目光和耳语，挺起了骨干，用仅存的气力在脸上开出一朵微笑的花。我以为，那几乎是我四十年生命的写照。

大理洱海，一名退休度假中的老师跟随我几场演出后，送给我一番语重心长的话语。她说："孩子，你就像个带着艺术之魂的侠客一样，脸谱就是你的面具，你走进人群，带给观众欢乐与惊喜；离开后，卸了妆，没有人知道你是谁，掌声不会跟着你，你选择了一条孤独的路。"这条孤独之路我的确走了非常长的一段时间，不是表演时把自己滚进泥地里自娱娱人，表演后独自收拾与现实的反差的落寞，不，孤独也许是我生来就带着的课题，注定用一辈子时间与它相处。这个课题很庞大，但也因为庞大而显得渺小，除非静下来，你才看得见。而我的静，却总发生在默剧的表演当中，在那与观众互动时迸发出的笑声中。那是一种把自己由内而外极度翻抛出去的过程，在这过程中，宁静会突然降临，然后我看见自己的孤独，如一片黑墨之中嵌着的透明状态，清澈无比。

我体内潜藏的坚韧也许就来自这份清澈的孤独，在坚韧之流里，害怕与恐惧也许只是随波被搬移的小石头。成都那次起身后，我的步伐便没有停过。2012年，我开始在台湾的土地上行走，"默剧出走"成为我创作生命的主轴，也带我走进许多丰富的故事及场景里。

我开始观看这个世界，参与这个世界，大方地跟着生命之流走。

写作这本书时，我一边重新翻搅原本已经沉淀下来的过往，也一边面对着现实生活中许多急遽的转变。两年内，我相继失去了母亲和父亲，而同样在这两年，我马不停蹄地在世界各处走着，收获了丰富的旅程。但，失去与获得真正的意义不到最终是不会揭晓的。所以，继续生活，继续创造，继续体验，这也许是在书稿完成后，我所能做的。

感谢云门，开启了我这一路的精彩。

林怀民老师、蒋勋老师、施振荣先生与施太太一路的提携与关爱，我铭感在心。

感谢聂湖滨老师与“老粪青”里的前辈与学长们这几年给予我和广西孩子们的资助。

亲爱的“某那姆”，郭怡孜，谢谢你的友情与亲情（也许是爱情），这几年，我生命里所有珍贵的时刻，都有你的身影。

谢谢，这一路上推动我前进或转圈或适时击倒我的朋友，不管你/你们的力道如何，都拓宽了我的生命河道，也印记了这个世界的精彩。

目 录

1 默剧出走

2 山野的孩子

3 归零——巴黎岁月

4 台湾小角落

5 再见野孩子

6 大山里的孩子“默剧出走”

7 四十小结

1 / 默剧出走

我走上了一条比记忆还要长的路

陪伴我的，是朝圣者般的孤独

我脸上带着微笑，心中却充满悲苦

切·格拉瓦

2011年，5月中旬
流浪首站：上海

“哎呀，真纠结啊……”

上海蓝山青年旅舍一楼狭长的公共空间，王帅右手往桌子一拍，一声纠结的慨叹。同桌的海宝与Mandy似乎也被这声突然出现的慨叹困惑住，我们看着彼此，对话再次掉入沉默之中。海宝把搁在桌上好似已经流了一身汗的半瓶可乐拿起，分几口喝干，但每一口都在脸上泛起了苦滋味，把可乐喝成了啤酒样；在室内依然坚持戴着帽子的王帅也喝可乐，个高、皮肤白皙、服饰讲究的他像是品牌代言，拿着瓶子，手指关节、嘴角都有戏；Mandy低头回到她手机的通信世界正飞快地打着字，一头淡染的俏丽短发把她可爱的脸庞和手机的冷光几乎埋了起来。

从事建筑动画制作的王帅毕业后从老家大连到了北京，没找着理想的工作，最后落脚上海，目前在一家与其专业对口的公司实习，经过了前两个月没有底薪的日子，在实习进入第三个月时，终于有了九百元的薪资。

“九百元？我光付这边的房钱都不够了，简直吃爹妈老本。”王帅说起话来脸上有一抹冷笑，总像是在嘲讽着什么。

“不错嘞！你这工作算是有前景，建筑业啊！”声音洪亮诚恳、带着浓重方言腔调的海宝回话后，拧开了刚才买的冰可乐，红色的瓶盖泄出一声气息，他一口就咕嘟掉半瓶。

“建筑师跟我们画建筑图的基本上是两种概念。小小螺丝钉啊，我们属于是。”王帅话语就此打住，似乎没有继续解释的意思。

“你呢？海宝，工作找得怎么样了呀？”同桌的Mandy开口。老家在新疆的Mandy也是毕业后离家到上海谋生，比较幸运的是，她在很短的时间内便在一家贸易公司找到了管理培训生的职位。

“没问题的，天无绝人之路。”从安徽来的海宝还在奔波于一个个面试的阶段，他那件唯一的白衬衫领口有着几个星期下来的辉煌战绩，留着平头、肤色黝黑，且天性乐观的海宝自嘲说——全都是努力的血汗见证啊。但他把“努”发音发成了“鲁”，遭到Mandy毫不留情的讪笑。

在蓝山青旅里，情况像王帅、海宝与Mandy的人不少。生活稳定前，青年旅舍成为这些刚毕业的“北漂族”——不，他们更正我说，来上海打工的人叫“海/上漂”（也不知道是不是开玩笑的），或（模拟起上海人的口气自称）“新上海人”——栖身之所最好的选择。一张床四十五元人民币，长住还有折扣，不用自己打扫房间，还可以交到全世界的朋友。“我就算找到工作也会住在这里的。”海宝说。

“尚德哥，您就靠这个为生啊？这是您的正职吗？”Mandy看着我拿出一桌准备清洁的化妆品。她指的是默剧。

一星期前，我抵达上海。其实除了来回机票上明确的时间与地点外，接下来近三个月的流浪旅程，包括行程如何规划、经费如何运用、街头默剧演出计划该如何进行等等，没有一件事是确定甚至思考过的。初来乍到时观光的喜悦及新鲜感在头两天便用尽；接下来几天的时间，我依旧外出，却只是漫无目标地在上海街头行走，似乎想借由走路将心中巨大的彷徨感代谢掉。我知道自己在逃避，已成惯性，“船到桥头自然直”的托词一次次浮现在脑海，但往往到了最后，决定还是连船舍弃。这趟难得的流浪旅程也会这样吗？回到蓝山，我尽量避开公共活动空间，但躲回房里，却躲不掉同房的好奇问候与攀谈。巴黎的岁月并没有培养我进入人群的社交能力与兴趣，反倒带我走进更孤独的倾向：享受孤独，也畏惧孤独。然而，全然享受一件事又怎么会畏惧它、在它之中寂寞流泪呢？三十五岁的我能用一事无成的喟叹躲避往后的人生吗？

“是啊。我就靠这个为生。”说得有点心虚。

“做这个赚得了钱吗？”Mandy继续追问，一脸狐疑。

“想必尚德哥在台湾很出名的吧。做这个艺术的，就是要出名。出了名，就可以遨游四海，到处跑，像你一样。”海宝的逻辑可笑，但看着他天真的脸，实在令人不忍责怪。

“我……没什么名气啊，”没想到这话从自己嘴巴讲出来竟然伴随着许多复杂的情绪，像把刀，插进身体某处快要愈合的伤口里，又痒又疼，又刺又好笑，“真没名气啊。哈哈哈。”干笑收尾，以免尴尬。

“你这样月收入大概多少啊？方便问吗？”王帅没意识到自己的提问没能替我的尴尬解套。

“不太稳定，时好时坏，反正我是存不了钱的。”

“尚德哥没想要讨老婆啊？”Mandy睁着美丽的大眼睛，俏皮地探问。

“没。”几年下来，我知道，面对如此普及却令人难堪的问题，回答要斩钉截铁，目光要坚定冷峻，不能留给对方追问的空间。

“好啦，这样说啦，”现场气氛被我一个字就搞僵了，我试图补救，毕竟眼前这三个人也真心诚意地以他们的方式陪伴了我几天，“从2007年到今年（2011年），我在台湾做过四档戏，小剧场，每一档戏的票房几乎全满哟，但最赚钱的一次是台币两万块，最亏的一次，唉，那就不用说了……”

三个人看着我，先是在台币与人民币之间换算，然后便如听天方夜谭般不可置信地看着我，可能以为再过几秒我会跟他们说，骗你们的，哪有那么惨！但我没再出声了，事实到此为止。

“砰！”一声，王帅突然把手拍向木头桌面，一声长叹：“哎呀，真纠结啊，人生。到哪里都一样。”

这句简短的人生哲思从二十岁都不到的王帅口里说出，乍听俗滥，但还是说服了我，也许，也说服了在座的其他两个人。海宝喝起剩余半瓶已经退冰的可乐，像是喝闷酒；Mandy则隐入手机另一个群组的对话里，并从中找到笑容与光彩。我往蓝山一楼的柜台处望去，柜台小妹万欢正忙着给新来的一对情侣讲解入住须知，个小机灵的她两天前能量饱满地跟我说明年她要离开，到国外打工度假。站在墙边立桌旁使用计算机的，是昨天刚搬来与我同寝的北京男孩，二十三岁，跑了五年的业务，厌倦了，想讨个老婆定下来，昨晚睡前的聊天中他对我这么说，还丢给我一包公司的产品米老头饼干。

这个星期来，我总是被动地与人说话。青旅的这些年轻寄居客都有着一种强加上身的世故，不管是与人应对还是对生活的种种评价。我不清楚这是中国竞争化社会背景形塑出来的年轻人样板，还是特属于这群所谓的漂流族群——无论是漂来上海的，还是即将从上海漂流出去的——所需要具备的武装。

但这种世故却奇妙地吸引着我，安抚着已在流浪路上的我。

“明天星期六，我要上街去表演，你们想来看看吗？”我打破了沉默。

豪华默剧出巡大队

上海南京路徒步区，三条交会于此的地铁线把源源不绝的人潮吐到我眼前的这个出口广场，然后又各自吸收一部分人离开。我准备好了，我的八名随员也是。八名随员？稍早，在青旅楼下，依约，我收获了三名前晚答应今天跟着出走的帮手，只是没想到消息经过蓝山的柜台再转出去，隔夜，便成了这样的场面。柜台小妹万欢笑容灿烂，煞是得意："好事情就要让更多人知道。反正他们也都是这里的人，来看看什么叫默剧，顺便帮你推广推广。"蓝山默剧应援团就这么成立了。稍后，当我们来到这个上海最繁华的地段开始做演出准备时，八个人已经自主分工完毕：拿背包的，补妆的，侧录、侧拍的，还有一个专门负责开路。叫人受宠若惊。

观察好周遭环境，向八个人点点头，深呼吸，我走进广场中央，对着附近高楼墙面上的乔治·克鲁尼献上一记红唇香吻，然后静止不动。短短几分钟，广场上的人潮分布及走向开始变化：有人停下脚步，品头论足、七嘴八舌，然后更多人加入、观望，有的则朝我嘴唇及目光扬起的方向好奇眺望，川流不息的广场渐渐凝结出一段荒谬的画面。而当我准备开始动作的那一刻，以我为中心辐射出去的几米空间已经招来了大批的围观者。再次深呼吸，步伐一旦展开，紧张感就必须抛之脑后。

从对克鲁尼的吻开始，我即兴发展出一系列隔空求爱的动作，然后一转身，在场的男男女女都变成了我的克鲁尼。默剧将空气幻化成许多道具：绳索、雨伞、马、鸽子、心脏……我在人群中穿梭，一下拿绳索尝试套住一名不断躲在友人身后观看演出的年轻女士，一下又转而将自己与她的友人框限在一把隐形雨伞之下。“哎呀，真花心，你到底是选我还是选她呀？”染着红头发的友人故作生气地说完后，将身体挤向我，把我撑伞的手当作了伞柄，然后与我在伞下对望，伞外传来高密度的笑声，其中，八人应援团贡献良多。就这样，上海的第三场表演，克服了前两场分别在中山公园及上海体育馆外的无所适从与自闭，终于找到了一种与观众互动的方式与乐趣。

笑声如蜜糖，瞬间吸引了几乎加倍的群众，也让我更有自信地将肢体与表情的力度加大，一下躺在地上，连滚带翻，一下抓着某个笑开了怀的观众把嘴唇递过去，引起他也充满喜剧性的拒绝反应。人群中有两个穿着蓝色制服的人几分钟前也被吸引了过来，只是他们面色凝重，不断地讲着walkie-talkie（对讲机）。也上了半边默剧妆体验的海宝见状开始对我使眼色，但在表演兴头上的我只觉得黑眼圈的海宝看起来特别搞笑。没想到，蓝制服二人组突然嘴巴念念有词地走向我，愤怒状。

“走！走！走！这里不能表演的。”围观人群稍有松动。我快速评估了一下状况，这两个人没穿公安淡蓝色的制服，也许只是观光服务队之类的，更何况广场属于公开场所，我们也没有向观众收取任何费用，没理由不能在这表演。观众兴致并无消退之意，于是我灵机一动，试图以各种表情逗弄蓝制服二人组。此举，没想到更激怒了他们，同时也吓坏了海宝一伙人。海宝快步上前在我耳边说了声“别惹城管，我们走吧”，然后偕同Mandy、万欢转去跟所谓的城管解释我们的来意。观众虽偶有离开，但大部分人似乎等着看好戏。于是，趁他们交涉之际，我挤进人群，以躲藏作为表演内容，抓起两个欧美人士的大手掌作为掩护，又突然以雕像的模样停留在两名城管的后面不动。观众又掀起一片笑声与掌声。被激怒的城管试图阻止，碍于制服，跟不上我移动的速度，于是开始对我那群应援团成员大声呵斥。几乎同时，人群中突围而出四五名同样着蓝制服的城管，还有一辆巡逻小车，试图将围观群众驱离。“这里不能从事任何聚众活动！”巡逻小车的广播器不停重复着这句话。僵持了几分钟，为了不让海宝等人为难，我压抑起玩心，越过稍微退散的观众，带着我的人马往广场外围走去。离开前，还不忘折回来对着所有城管做一轮鬼脸。

“尚德哥啊，你吓死我了！”海宝卸下脸上的妆，试图平复情绪，也不忘解释那些被我以为是观光服务队的城管真正的身份与职权。“前阵子，在南京路徒步区，有民众与城管发生冲突，所以现在，他们对聚众这事很敏感。”

海宝补充道。我们今天就先这样好了，我从海宝的眼神中读出了这样的信息。

“没事的。到其他地方去就得了。”Mandy跳出来解套。只是这时，正在横越马路的我们一大伙人都没意识到，过街，就是那条人潮更汹涌的著名商业街——南京路的徒步区了。

海宝还来不及从未卸完的黑眼圈里警觉出，城管网络果真再次盯上了我们。从入口处到接下来半小时的路程里，我们一路被城管尾随、劝离、警告，但上了默剧妆，我不可能浪费这半小时的表演机会，于是，交代了八人团队万一真发生情况离我远一点没关系，我便一路演着追赶跑跳碰的戏码。

到了南京路中后段，城管们不知是累了还是看出了我们的无害，警戒终于松动，脚步趋缓；他们之中的几个竟还因为某些我做出的滑稽动作而偷笑着。城管的戏码已经玩够，我随意转往一条小巷，然后在一家便利商店前停了下来，稍作休息。八个青旅友人一路帮我拿包、跟拍做记录，还要时时提防各种状况发生，必要时还得跟观众介绍讲解，等等，煞是辛苦。王帅送上了刚买来的水，众人喝着，仿佛经历了一场搏斗，靠墙的靠墙，蹲坐的蹲坐。然而，看着这八个人，在5月的上海小街，

仿佛呼吸着和平日不一样的空气，脸上闪烁着儿童般的欢愉。我放心了。

上海老奶奶的鼓励

进入小街弄堂，撇开商业区的观光皮相，上海的古朴风味才慢慢展开：脚踏车、商店的旧招牌、老砖瓦、互相叫骂的沪语……从巷弄随意转出，四个落在黑漆门面上的字——“逸夫舞台”——抓住了我的目光。黑漆镶嵌着的跑马灯正在将剧院演出节目信息一行行输送出来，黑底红字，毫无违和感。两个多小时“街跑”（他们的用语）下来，身体的疲乏感开始渗透出来，就在这里结束今天的演出吧。

逸夫剧院显然是上海的票友聚集地。午餐时段，进出询问、购票、手拿DM（广告单页）的人依旧不少，其中，老先生、老太太安然却又灵活的身体引起了我模仿的兴趣。以剧院为背景，我即兴编了一个迷糊的老人家迷路的短剧，流连在不同路人可以提供的臂膀间。卖力演出十几分钟，原以为可以至少吸引老先生、老太太注意，但西方默剧脸谱比起京剧可能逊色，连老人家都不赏光。观众气氛带不起来，加上体力负荷已高，我停了下来，向忠心的八人小组示意今天到此为止。此时，一名穿着黑色连身窄裙的婆婆，从剧院外转角处拄着拐杖、脸挂笑意地向我走过来。

“哎呀，真好看！”婆婆接着讲出了让我下巴迅速掉下的两个字，“我知道，这叫哑剧。你是演迷路的老太婆吧？哟，该不会是演我吧？”老婆婆往自己脚上一看，拐杖随着往地上一敲，尖尖细细的笑声从她小小的身体传出来。

我瞪大双眼，不可思议地看着婆婆，如遇知音；在上海的第三场演出，竟然有人看懂了我，而且还说出了这么专业的字眼。（事实上，三个月的旅程之中，也就这唯一的一次了。）

“婆婆，是啊！是哑剧！”我不顾哑剧、默剧的称呼区别了，点头如捣蒜。

“哎呀！”梳着包头的婆婆抬起头看着我，满是皱纹的脸，隐藏不住的是一双黑亮而且闪着如重燃起的热情般的瞳孔，“我都二十几年没在上海看到了。”

九十岁老奶奶眼里似乎闪过了二十几年前她所看的那场表演，也许也是一个画着白脸的演员，以自己的身体当作画笔，在舞台上创造着美丽丰富的想象。我想起马歇·马叟（Marcel Marceau），法国已故的小丑默剧大师。

2002年，我有幸在巴黎的马叟学校见过老人家一次，久闻大名，结果在大厅里碰上他，端详半天老觉得不像，然后才意会过来，我所知道的从来都只是照片、影像里上了默剧妆的马叟。2005年，马叟学校因不敷经营成本而关闭，两年后，一代大师逝世。老奶奶二十几年前在上海看到的，很有可能就是马叟（回台后，我找了资料，马叟曾于1982年在中国巡回演出）。当下，她没能回答我，但我终究保留了这个猜测。我的身体颤抖着——尤其当我想到，自己可能是马叟之后，老奶奶见到的第二个默剧演员。

这个想法显然不是只有我有。当我因为激动而转身看着同行的友人时，却发现海宝的脸上挂了两行泪水。他说："尚德大哥，婆婆看到的该不会是你前几天跟我们说的辣（那）个法国的'什么马'吧？二十几年后又看到你……真是很感动啊。"

婆婆最后伸出双手握着我，看似薄弱的手传来的不只是温度，还有一种信念——这趟旅程，能走多远，就走多远吧，如果婆婆口中的默剧能被我带到更多的地方，让更多的人看到。

当天晚上，我和蓝山的伙伴们简单吃了个饭当作告别，毕竟，以青旅为家的他们习惯了朋友来来去去，而我的旅程才刚开始，没有必要让离别情绪渲染了一切。我们细数着上海“默剧出走”这一日发生的所有事情，以笑声配啤酒，干了。海宝反复叮咛着，旅途中如果有任何需要帮忙的地方，别忘了打电话给他。我把这句话，也当作是一种祝福。

5月下旬，苏州

早餐 1.5+3=4.5

公交车 2

晚餐 9+水 3.2

Hotel（旅店）40

合计58.7

每天记录着生活的花费，不是旅行的时尚，而是必需。这趟由云门舞集资助的流浪者计划，因为上海老奶奶的一句话，从原定上海一地发展成更大幅度的旅行，因此每花出的一分钱都成了决定能走多远的关键。事实上，那几万块钱的资助，几乎就是我全身上下包括银行户头在内的所有了。几年的剧场工作，在经济上所累积的是出发前账户里不到一千元的存款及二十几万元的债务。为了做戏，跟银行预支现金，戏演完，预支的全数变成了附加上高利息的债务，这已经是几年来不变的模式。为了不让家中二老担心——虽然他们总是搞不懂我在做什么，一直要我转换工作，我努力做出收入稳定的假象。为了赚钱做戏还有养活自己，我跑学校当“利百代”（万能代课老师），也兼职法文翻译，帮出版社及补习班编写英文参考书，到卖场当临时工，却依旧入不敷出。因此，朋友跟银行成为我的后方，假象勉强维持住，债台却日益增高。

记录着旅行中的细琐开销，就像是弹尽粮绝时在房间的地板、车子座椅的夹缝里，还有父亲的裤子口袋里（是的，三十几岁的自己还做着十几岁的事）翻找钱币般斤斤计较，一块钱也不能放过。

父亲的家的想象

从杭州出发抵达苏州四季浮生青年旅舍时，已经入夜，旅途的劳累终于在这第十天涌现。拨了一通电话回家，印佣莎莉接过转给母亲，在报了平安和短短几句问候后，挂上电话，一切都很平和。四年前，哥哥出钱替家里请了外佣照顾因为膝关节退化而行动不便的父亲。这件事，就如同家中许多决定一样，听不见我的声音。爬上仅剩的四人房上铺，计较了一下比六人房贵了五块钱的差额，没多久我便沉沉入睡。身体在适应流动的旅程，很多东西则在重整。

天未亮便苏醒，睁眼看着天花板，听着房里的鼾声合奏，5点，我决定下床。洗漱后，用计算机快速查了一下交通信息，回房里整理出轻简的背包，我决定到父亲的家乡一趟。小时候，填写户籍信息，在祖籍栏里写上“江苏武进”四个字时，我总是仔仔细细，一笔一画都藏着对父亲过往的想象与好奇，也许还有那么一点点与众不同的骄傲。武进是个什么样的地方？讲什么样的语言？父亲上学吗？父亲很少提及自己的出身，在我记忆里，印象最深的只有大陆开放后的几年父亲回老家探亲的片段叙述。一别四十余年，游子终于返乡，带回来的是台湾的妻子与岁月沧桑。父亲带着母亲循着他记忆中的路回到了村子，村子已改为小区，在数度变动的景致中，还能依稀辨识过往的痕迹。走进小区，绕几个弯，眼前，老家那扇木门相隔四十年竟然依旧矗立，而蹲坐在木门下的那陌生却又熟悉的身影——父亲已经九十八岁的老母，端着一碗只盛有两三根青菜和米饭的午餐，缓缓地进食——让父亲再也止不住泪水：“她端着碗在门口吃饭的样子就跟从前一模一样。”我看着父亲回来后冲洗出来的照片，那个我始终未能见到面的老奶奶身着厚实的深蓝色棉袄端坐在竹椅上，身旁是她那断了音信几十年的生死不明的孩儿。那究竟是什么样的一个年代，那种分离的痛有多么消磨人的灵魂？始终严肃沉默的父亲如何才能守住内心这样一种巨大的思念与情感而不外露？他在台湾快乐吗？父亲叙述时，流着泪水，也许这是我离他内心世界最近的一次。

位于苏州北方的武进，早已被划归为常州市的一个区。汽车抵达常州车站，下车，面对眼前的一切，我笑了。父亲的老家在哪儿？我其实没有任何信息。冲动下的决定，也知道会是这样的场面，那我为何而来？随意跳上一辆公交车，在某个顺眼的站名下车，走路，往小区里钻，沿途我吸收着这座城市的一切，以为总可以在哪里碰见父亲口中的那扇木门：木门外也许有童年时正在玩耍的父亲，木门口有我那无缘相见的奶奶——她在父亲回乡探访后的来年去世，高龄九十九岁，仿佛留着一口气等着儿子归来见她最后一面。我还想起父亲的青梅竹马，2005年那通再次联系上父亲的跨海电话之后，他们是否还有联系？她也许还在这座城市的某处……那父亲在老家留下的妻儿呢？我是否在哪个路口撞见了他们？其实，拨一通电话给台北的父亲，我所需要的一切解答就有了，但终究，这趟旅行还是成为我一个人的事。

晃荡了六七个钟头，我最后伫立在武进大桥上，双手抚握着一只装点桥墩的小石狮子，黄浊色的运河从桥下滚滚流过，望着河水，奇怪的是，我脑中盘旋的不再是父亲的过去。父亲对家乡的情结，或许还有他深藏的遗憾，就像眼前这条河流一样，就算寻找到源头也不可能停止的。那思念与遗憾几十年来渗透到父亲的细胞与血液里，铸就了他过去与现有的存在，无法斩断与剥离，他和他所有的经历与伤痛都是这条河，只属于他一个人的河。就如同十二岁的我梦魇一般的经历不可能与我分离，它形塑了我的生命河道，俯视着这流经我脚下的京杭运河，是的，我想到的却是自己，现在与未来。

回苏州的路上，我察觉自己心中有块灰色地带——那属于父亲与儿子间混浊的情结——闪进了一道光；短暂的光亮中，我看着父亲与我各自站立一方，我们血脉相连，但他的情绪与遗憾终归于他，我的则需自己慢慢消化。

返回四季浮生旅舍，房里刚换了一名新来的房客，同样的大件式登山背包，只是他的看似已历经折腾，我的则刚要起步。

福州阿达

上海之后，我的关注与表演场域已经避开观光景点，开始移转至当地居民生活的街廓里。庶民丰富的肢体语言与神情变化成为我即兴表演最主要的内容。画上白脸后，走进人群，我习惯先静默不动地观察，也让自己被观察，仿佛是种入门礼节。然后，悄悄地，我开始把某个观望民众的姿势及表情转接到自己身上，直到观者或被模仿者发现的那一刻，趣味生成，表演开始。

我开始穿梭在苏州街衢巷弄与园林造景的小桥流水间。平江街上石雕师傅做工时的细腻与专注、从自家门外直接将桶垂入河里打水的阿婆、巷内晾晒被褥的妈妈、船上人家撑篙拨水的体态……苏州昆曲传习所外，大娘对着一只慵懒地躺在竹椅上的白毛猫咪轻声说："哎呀，你怎么又上来了呀？来，让给婆婆坐一下好吗？"猫咪看了婆婆一眼，又沉入舒适的睡眠中……这些，包括猫咪与妥协的婆婆，都成了我模仿的对象。我的身体成为媒介，反照着眼前人物的样貌，也呼应着默剧表演的节奏与张力；演出发生在居民日常生活行经的某个角落无疑能够引起相当大的惊奇感，而就地取材的模仿式表演通俗易懂，观众常在笑声之中糊里糊涂地就成为下一个被模仿与"捉弄"的对象。

（林腾达 摄影）

跟几天前刚入住四季（青旅）的阿达搭上话，是我在苏州的第五天。这天，演出完毕，回青旅一边收拾着行李准备隔天离开，一边将相机里的演出照片复制到计算机硬盘。一个人的旅行与演出，若非遇到像上海青旅那帮热情的朋友，影像记录就只能靠自己。通常，我将相机连着三脚架及背包搁在路边，自动摄影模式按了就不管了，因此时常拍出只有半身或根本没入镜的画面。在杭州演出时，有好心的大哥看不过去，对我喊着“你出镜啦！”，然后自主拿起我的相机与三脚架跟拍，并时时监看我那躺在路上的行李。旅行第三站，计算机里已经充斥着许多我不忍删除的NG照（失败照片）。刚进房的阿达跟我打了声招呼，好奇地看着计算机屏幕上跑着的画面，默剧白脸吸引了他。

一听我的“默剧出走”计划，阿达充满高度兴趣地询问我下一场演出会是什么时候。三个月前，他放下地产公司收入颇高的工作，买了一台单反相机，从福州出发绕行中国一圈，想要重新整理自己，沉淀并思考未来的方向。这小我许多岁的大男孩，有着两道粗黑的眉毛，和如同怒目金刚般炯炯有神的双眼。“我可以帮你拍摄，”他指着我计算机屏幕上滑过的许多失败照片，“会好看一点。”我把方才收拾到一半的行李搁置在脚边，看着眼前这个流浪气息浓厚的男孩：“下一场啊？明天。”我把明天即将离开的事实硬吞了下去，反正，计划与变化总是并行不悖的。违心之论。

山塘街上的瓜香

苏州的第六天，阿达与我特地早起，前往位于西北边的山塘街准备拍摄及演出。唐朝时苏州刺史白居易为解决民忧而开凿山塘河，河道开凿引水后外建堤防，沿堤的山塘街应运而生。一千多年历史的水巷当然是观光的重点，但清晨6点观光客大军未见动静，显然还在睡梦之中，山塘街早市因此仍然是当地居民及摊贩聚集的地方，一早即人声鼎沸。选个角落上妆，暖身，我竟然开始感到紧张。在市场表演可是头一遭，山塘街狭窄的街道上摊商小贩衔接紧密，买菜人潮也相当可观，面对这么高密度的场域，我实在无法想象自己如何才能将白脸装扮卡进这条街的景致里又不会对人们造成干扰。阿达的摄影镜头已经开始工作，他充满活力，我则怯生生地走进川流不息的人潮里。

户外即兴演出依环境与人的不同组合而随时变动表演内容及走向，五感的观察及头脑运作都必须维持在高能量状态，因为任何一个路边过眼的细节都有可能让表演面临撞墙，或相反地开启契机。山塘街演出的契机就发生在路旁一个香瓜小贩的身上。在我窘迫地行走之际，香瓜摊老板突然绽放的笑容与白牙齿，及时于人流中勾住了我的注意，那笑容让他搁置了手边称斤论两的动作，也让我将近半小时无法施展的尴尬得以抛诸脑后。闪过流动的人墙，箭步，我出现在盛着满堆金黄饱满的香瓜的板车旁，先是夸张地隔空闻着瓜果香味，然后作势品尝起一颗隐形的香瓜。此举，逗得老板大笑，连声叫好。笑声如涟漪般传出，很快地，表演聚焦，我索性就站在那方寸之地继续扮演起一名吃着香瓜的老饕。

“好，来，请你吃。”老板突然切起整颗的香瓜准备让我品尝，让人受宠若惊。表演虽然没能替老板吸引到真实的买客，但却成功地吸住了观众的眼球；渐渐地，以摊位为中心形成了半个净空的圆，圆外满是观众（我下意识地竖起防城管天线），而老板笑得比香瓜更甜美。无奈，当削好的半颗瓜准备递来时，原本不动声色的老板娘突然碎嘴了一下，老板只好将手中的瓜对半再对半，老板娘一个眼神，又对半再对半，最后我拿到的瓜只剩一根手指的宽度。无妨，因为当我打破默剧逻辑，将那真实的瓜咬进嘴里时，口腔瞬间被香瓜散发出的香甜汁液充满并滋润，今天已经值得了。

阿达的镜头捕捉到了这一幕。山塘街的演出从街头到街尾足足走了三个多小时，这段时间，我不用担心阿达拍了什么，也无须刻意停留、寻找他的镜头，有种默契与信任在刚认识没两天的我们身上流转着。晚上，我在阿达的摄影记录中看见了丰富的自己：躺卧三轮车里的“睡美人”；坐在废弃的沙发椅上读报喝茶的男人；收下正在玩乐的孩子递过来的一把迷你玩具破天斧，彼此来场巷弄追逐大战；累了学狗躺在路上，然后这里拥抱一个献上香吻的大姐，那里吃了老先生一记闭门羹，嘟嘴以示抗议……最后，我的视线流连在文件夹底部几张跟阿达的合照之间，蓝色格子衫把他和天空及背景的蓝色阳伞连成一片开阔舒爽的色调，阿达浓密黝黑的头发与胡须雕刻出他刚毅执着的性格，十连拍的照片里，他的身体几乎僵直，但脸上扬起的嘴角始终迷人。当了三个月旅人的阿达，绕行了中国一大圈，西藏、新疆都去了，苏州是他的最后一站，然后便要返回福建，重新面对工作与人生的选择。

苏州的最后一天。分离前，阿达说要好好庆祝，于是他在旅馆附近找了家重庆烤鱼。当我被烤鱼的重辣呛得狼狈不堪时，豪气地喝着雪花啤酒的阿达问我下一站去哪儿，语气不带丝毫黏腻。趁着他举起渐空的酒瓶时，我偷偷望着他的眼睛、他的手、他身上那件印着“尼泊尔”字

（林腾达 摄影）

样的藏青色T恤，好好看。有人陪伴的旅行是幸福的。

“我……”够了，我记住你的脸了，阿达，再会，“下一站，我去——”

“我跟你去吧，尚德。”

我听到了这样的回答，在微醺之中。

6月上旬，南京

旅行中，我在转变。

在南京的第三个晚上，阿达早早入睡，我带着计算机从六人房出来，到旅馆客厅选了一个幽暗的角落坐下，打开计算机，将上海、杭州、苏州、南京四个地方的照片一张张点开来看。两个星期下来累积的十场街头演出，从上海前两场面无表情、肢体动作抽象，被观众骂“有病！”的表演开始，到南京路步行街享受大批群众投射的目光、镜头与掌声，再到居民生活的街廊，吸收大量的灵感，我的肢体动作与表情变得更亲民，与民众的互动成为后来表演的基调。杭州西湖的一组照片里，原来只是清晨运动经过的大婶摇身一变，成为我的音乐伴奏：西湖畔的凉亭中，大婶以二胡替我一人分饰四角的即兴《白蛇传》配乐。婀娜的白蛇缠上观众群里一位大叔，只因为他在我蠕动身躯时悄悄地讲了一句“哪有这么胖的白蛇？”。看着计算机中的影像，我也看到了自己在表演时的无惧，无论是对环境，还是我最害怕的人群。

默剧妆像是一道墙，我可以收拾起所有的恐惧与冷漠，躲在这道墙之后。它提供了坚硬的盔甲，让我终于可以自在地面对人们的眼神，触碰他们的身体，也容许他们以自己的方式响应。

合上计算机，闭着眼睛，我的确看见了自己的转变。

旅馆夜班年轻女员工好奇地走向角落询问我看什么看得满脸笑容。已近凌晨，入夜后的6月的天气难得透着微凉的寒意，我要了一杯温开水，抖擞精神，开始跟她诉说到目前为止的旅程。

南京大屠杀纪念馆

“几天这样跟拍下来，我觉得，”阿达似乎在脑中搜寻比较和缓的字眼，“你接下来应该找一些不一样的环境，否则，表演内容重复性太高，你都变懒了。”第三天，南京夫子庙街演出结束后，阿达甚至不等口干舌燥的我把手中的瓶装水打开，便用一个语调平缓的“懒”字给了我一记当头棒喝。他说话精准，点出了我的盲点。

几个城市下来，居民生活样貌其实相差不远，若只是在巷弄里演出，观众的反应已经可以猜个八九不离十。习惯了一种模式并在其中轻易地取得自己所需时，人是会变得懒惰的。

“我们去大屠杀纪念馆外面表演吧！”讲完自己背脊一凉。

其实，抵达南京第一天我就已经扔下阿达独自前往这个朋友口中南京最值得一去的地方参观了。纪念馆低调的灰色石墙、简洁的建筑线条带来一股沉重的低气压，似乎也把对街地产公司与相连的几座大型商场及高级办公大楼应有的热络氛围一并拖下。进入纪念馆，“遇难者300,000”的字样出现在不同的墙面与角落。1937年，日军在南京城造出这样的惊人暴行，竞赛般的杀人行径、强暴妇女幼童、抢劫、放火……这场浩劫，成为中国历史中一页不忍卒读的血泪史。

黑色基调的馆内陈列着大量屠杀纪录影像及展品，七十几年前战争的残酷与无情浓缩于一室，实在令人难以直面，心理上也无法负担。整个过程，脑袋严重的胀裂感迫使我的步伐不自主地加快，走过了武器、书信、骸骨等陈列室后，我终于在一张照片前瘫软了下来。那是一张沟壑里堆满孩童尸体的黑白翻拍旧照，裸体的孩子身躯洁白，未脱的婴儿肥，轻合的双眼，口鼻偶有秽物，不说，就像是吵闹完刚入睡的状态，只是在一层“入睡”的孩童之下，还有一层，一层之下，还有一层，他们就像被弃置的玩具娃娃，不再讨主人欢心，连衣服都被剥尽，只能叠放在路边等着野狗叼弄，风吹雨淋。

走出主馆，园区内一大片石块堆叠出的万人冢景象凄凉，不小心竟然还困住了我和一对同样迷路的四川老夫妻，他们说是“鬼打墙”。找到出口离开前，我望着园区内一座黑色石柱上的“和平/Peace”字样，眼泪滴落了下来。

在答应阿达后的第二天傍晚6点，我们便到纪念馆外的广场上为演出及影像记录做准备。我选定在那座题名《家破人亡》的母亲怀抱着死去婴儿的巨大雕像前演出。这是“默剧出走”至今第一场主题及架构明确的表演，我以战争下的身体物质性为出发点，一人分饰父亲、母亲、孩童三个角色，从一张全家福的定格照开始表演。当外在暴力逼近然后施加于人的肉身之上时，抵抗中的肉身是否会超脱心理作用而呈现出一种如物质般的状态？如同巴勒斯坦的自杀炸弹客一样，置死生于度外，肉身如物质，可以当作武器，当然，也可能被强势的敌人视若敝屣，随意扔掷与蹂躏。

演出约莫在7点开始，我仍旧上了默剧白妆，只是脱去了上衣及长裤，仅留一条黑色内裤。这样的装扮吸引了傍晚时分散步经过的附近居民，但我没有多做交谈。即将入夜，纪念馆外环绕的水池边打上了灯，一簇簇投射在灰色石墙上的灯光映着天边逐渐沉默下去的太阳余光，替演出做了最好的铺陈，我站上前，闭眼，深呼吸，睁眼，演出开始。

为了表现暴力下身体的荒谬感，在开始的慢速动作中，我让关节与关节间形成两股对扯的力道，就像平面浮雕上的某个人物被抓起身体一角往外拉扯，身体其余还镶嵌在墙上的部位则抵抗着往墙面里塞。一系列动作需要极大的身体动能及专注力，我将肢体默剧（Mime Corperel）身体运作的方式放回这场演出之中，每一个动作都施以全力，毫不保留。在暴力施行至极端，人体开始崩解溃散之时，我的精神也被逼至最紧绷的状态，大屠杀纪念馆内观看过的一幕幕残酷景象流进我的脑海中，驱动着我表演中的身体。一颗男子头颅被安置在木制拒马上，嘴里还叼着烟，俨然一出残酷闹剧，我将这个画面放进扮演的父亲角色里；而那些遭到强暴的妇女则成了母亲的命运，她最后抱起尚有微弱气息的娃娃对天呐喊，与广场上那座名为《家破人亡》的巨大雕像叠合，无声。

夜幕低垂，身后几盏灯微弱地亮着，我脸上的妆容已经损毁，白色、黑色、红色油彩胡乱画在我赤裸的上半身及广场的石头地板上，黑暗处响起一片掌声。演出吸引了近三十名观众，老老少少，我气喘吁吁地走向背包摆放处坐了下来，开始卸妆。镜中被刮花的妆容，同样历经了一场凌虐，狼狈不堪。观众随着我卸妆的动作围了上来。“哎哟，都受伤了你。”离我最近的大娘看着我肩上被划出的一道血痕，说道。我才发现，自己全身上下被石地及雕像基座的尖角刮得如脸上的妆一样“精彩”。“你这是做行为艺术吧！”上了点年纪的大娘蹲了下来，与我攀谈。接着，几位观众也顺势蹲了下来与我平视，原本想着快速卸妆离开的我突然被居民们的热情挡住，有点不知所措。

“您这是在演大屠杀的故事吧！”同样蹲下来的大哥说起话来相当有自信。

“那不就是吗？”大娘笑着回了他一句。

“挺有意思的。”大哥接着响应。

“行为艺术啊！”大娘这次相当肯定。

突然间，我被他们的一搭一唱逗笑了。“你们看懂了吗？大哥，大姐？”我问。

“说我懂个八九成会不会有点过于谦虚啊？”大娘爽朗的笑声接在话后，笑声的尾巴也加进了我的和现场的零星笑声里。

我突然想起阿达，抬起头急忙在夜色之中寻找他的身影，他躲在人群之中，继续用相机记录着一切，我安下心，继续与当地民众交流。热心的大哥大姐开始轮番跟我讲述他们父母和长辈经历过的南京大屠杀，顿时，历史变得立体，时空交会在这座广场上；那座纪念馆与我眼前正在讲述故事的人们，以及这座南京城，全都融汇成为一体。“我们每天散步都经过这儿，但我从来没进去过，唉，过去那个时代太苦了。战争太恐怖了。”大娘最后的老生常谈为今晚的演出画上句号，我们都没再应声。

回到旅馆后，阿达与我坐在院子里，他盯着相机屏幕过着一张张影像，然后把相机丢给我看，起身说他去买点东西。没多久，他一手提着啤酒再次出现。“来，庆祝一下。今天的演出，太棒了。”我从他的话语中嗅出了离别的气味。这次是真的。阿达熟练地用桌角一下子就开了两瓶啤酒，递给我其中一瓶。“抱歉，冻啤酒就只剩这瓶了，给你。”阿达知道我喝不惯常温的啤酒。这个晚上，我始终没喝多，倒是他一瓶接一瓶，喝到打嗝连连，话也跟着多了起来。他说自己是个彻彻底底的唯物主义者，从不相信心灵或那些怪力乱神的东西，然而这趟旅程使他改变了很多。西宁的师父教了他合十的意义，他在我的表演中见识了隐形的力量如何改变环境的氛围，然后他说：“也许有一天，我会去当个农夫。返璞归真，种种有机蔬果。”

“明天，我回福州了，这几天很有意思。尚德，我们后会有期啊。”阿达话锋一转。果然。

强忍情绪，我随手摆弄着眼前几个空酒瓶，不应答，也不敢抬头，这时，多看他一眼，肯定会是场灾难……

独自重启旅行的脚步是多么艰难的一件事，当你已经习惯了陪伴，习惯了有人带领。隔天早上，阿达整理行李，我坐在自己的床上默默地期许前夜持续的微醺也许可以让他突然改变心意，他不也改变行程跟我来了南京吗？

“不用送了。”背起行李后，阿达硬生生地把我留在了大门口。原来，我们都有各自的航道。

两小时后，天空飘起了毛毛细雨，这是来大陆后遇到的第一场雨。雨未停，我已匆匆买了票，搭上一班只剩硬座的列车，决定把南京城也抛在后方，向下一站出发，离阿达越来越远。

6月中旬，北川之行

落地成都，安顿好住宿，我给王希打了个电话。王希是我在苏州青旅认识的朋友，电视台记者，全世界到处跑。成都姑娘说话直接，行事豪迈，一双大眼睛机灵无比。当初在苏州一听我无计划的大陆之旅，她啧啧不止，摇头表示："太没效率了，这样你会浪费很多钱在交通费上。"接着，姑娘便热心地凭借自身丰富的旅行经验，提供我各种行程套装组合，并要我到成都时务必联系她。

我俩约在她住处附近的文殊院。苏州一别后，她又天南地北跑了几个地方，刚回到成都。在小馆子用过川味料理，王希一边带我散步，认识这座她口中"去到世界任何地方都不会是终点，只有这里才是"的城市，一边跟我讲着她的乌镇及泸沽湖之旅。星期天，成都街上清脆的麻将声此起彼落，蜀地午后的阳光并没有想象中蜇人，小狗小猫和老人家在门口各自一角打盹儿，果真是座悠闲的城市。当然，王希还是不忘关心我的行程安排。也正如她所预料的，我唯一确定的行程就是此刻，跟她在这里。

“这样，你在成都待几天后，或是入藏，……不然就得跟旅行团，但旅行团费用太高，不值；再不，就去泸沽湖，从四川这头进，云南那头出，接着可以去云南，然后回头，如果你没打算往广西、湖南那边去的话，就往北走，重庆啊、西安啊，都可以去。不过，我估计去这些地方前你还是得先回成都转。”

整个地图仿佛在她脑海里，她越讲越兴奋，顺便标记了她从一个记者的角度对这些地方的观察，我愉快地迷失在她口若悬河的叙述之中。

“啊！”王姑娘突然大叫一声，恐怕要惊扰整座正在午休的成都市，“去老北川！”她黑色晶亮的眼珠子投射出光芒。“2008年四川大地震，外面一般人知道汶川，但其实北川县城受灾更严重，居民死伤无数。我去年采访时去过，那里，怎么说呢……很特别！你去！你去！会有不一样的表演灵感的。”近乎命令的口吻，但“老北川”三个字确实已经吸引了我。

成都到绵阳火车车程只需一个多小时，下了车，我按照王希的路线指示坐上通往擂鼓镇的巴士。地震过后三年，进入北川的主要路段因受灾严重，修整工作仍缓慢进行着，照王希建议，我从禹里绕道过去。从绵阳出发的巴士行走山路近两小时，公路旁开始出现一簇簇震后重建的羌族村落，新式灰白建筑好似回应着公路旁偌大的红底白字标语：从废墟走向新生。车子抵达终点擂鼓镇时，乘客只剩下寥寥几个，他们看着背着登山包、戴着军绿色帽子、明显是外地人的我，也许纳闷：现在跑来这里？有没有搞错？

我在简陋的黄土广场边询问到通往禹里唯一的交通工具——越野吉普车。“车行时间最少四小时，但路上出了状况就不一定喽。”车行老板还真老实。原来禹里对外交通依旧受损严重，路断桥塌，只有越野吉普车才能勉强穿梭在崩坏的山路、烂泥及沟壑间，但也不免时有意外发生。算了，都已经到这里了，我掏出四十块钱交给车行老板，等了半小时，接着便被安排跟五名羌族妇女拼车一起往禹里方向去。

车行不出十分钟，一个转弯，我们便已开始在颠簸的山路上晃荡。说山路，其实不过是吉普车在满目疮痍的山间来回轧出的小道，小道上裸露着大小石堆，坐在车内，身体上下左右不停地剧烈晃动，让你无法想象自己正在前往何方，我心惊胆战，左手紧扣着窗户上方的把手，嘴里数次被震荡出脏话来。整个山区，“危险路段”的标语随处可见，新近断裂的山壁上落石不断，有时吉普车涉水而过，司机提醒，我们正行驶在原来的一条河道上，只是地震把水脉斩断，河水不知泄到哪里去了。年轻的羌族司机整路播放着流行歌曲，一会儿是“我要你当我的老婆，喔，喔，喔……”，一会儿是“终于你成为别人的小三儿，我知道那不是爱……”，俗滥的情歌震天价响，却引来司机及同车几位羌族妇女的跟唱，“老婆”“小三儿”“老鼠爱大米”在这颠簸的吉普车里，十分直白地被唱诵出来。

车子晃荡七个钟头，跋山涉水，我们还一同下车挪开挡路的巨石，更直面相向开来的车翻覆的惊险——年轻的司机见状只向我们问了句“赶时间不？”，然后全车人便涉过泥泞去帮那辆翻覆的车子解围。回到车内，司机一派轻松地跟我这个心有余悸的外地人说，这是常发生的，没事，翻过去再翻过来而已。

站在镇前崭新的石桥上，我看着这个被包裹在一片飞扬的尘土里的大禹故乡。顺着一道道交错着工程车、机电车、卡车车轮印痕的泥石路往上走，穿过令人掩鼻的黄沙迷雾，禹里的面貌终于清晰；只是，这座山河环绕的小镇也是大地震侵袭后的重灾区：房子倒塌，居民死伤无数。

镇上多数的房舍都在施工中，新建的房舍与颓倾的建筑参差而立，水泥搅拌车、搭建鹰架用的长竹、石块砖瓦及各式工具任意堆叠置放在路边，几只放养的鸡鸭和满身灰泥的小黑狗则自由穿梭其中。我找了一家旅馆准备留宿。同时经营着面包店的旅馆老板狐疑地打量着我这个时机不对的外地游客，一路上，我已经习惯了这种眼神。老板接着在柜子里翻找着房间钥匙，我的注意力则停留在面包店透明玻璃柜里寥寥几块不知道陈列了多久的鲜黄蛋糕上，想起自己一路赶车已经十小时没有进食了。

“老板，这附近有什么吃的可以买吗？”

老板将钥匙交给我后，转身拿起塑料袋就从玻璃柜里迅速抓起两块蛋糕递过来：“你不介意的话，吃这个吧，现在这时间没东西买的。请你吃。”

待老板引我上楼打开房门并交代用水注意事项后离开，天早已昏暗。打开灯，这才发现自己身在一间绿门、绿墙、绿窗帘的满是人工绿意的房间。我坐上双人大床，从行李中拖出那瓶以“大自然搬运工”自称的1.5公升农夫山泉牌矿泉水，配着吃起那两块出奇松软的、走味的蛋糕。蛋糕和着禹里的夜，一天就这样结束。

第一班开往大坝的汽艇将在清晨6点出发。地震在这个地区造成大片山体滑坡，滑落的山体拦腰截断了河流，圈出了一个巨大的堰塞湖。位于河流上游的禹里等乡镇居民继而从山民变成了湖民。这堰塞湖于是也成为禹里居民对外的交通管道之一。搭船前，我特地早起再次走访这座重建中，但已被当地政府规划为日后观光景点之一的乡镇。禹里居民们清晨5点便已开始劳作，房舍外搭起的鹰架上早已人头攒动，路上几台水泥搅拌车运转着，可能同时供给着整条街的建筑工事。顺着泥泞的小路往上找，重建中的大禹纪念馆枕着背后连绵的山景，看来落成之后会相当可观。在我转身离开前，一旁偌大的告示不忘提醒：禹里，堰塞湖畔一颗璀璨的明珠，希望就在这里。前人治水，后人治观光。我低下头，循着方才泥泞路上一块块干燥的地面，走啊跳地渐渐离开了这座尚未璀璨的明珠。

汽艇在堰塞湖上行驶，湖面上不时看得到露出头的树及半浮半沉的木质结构，这片宽阔的速成湖是否也淹没了几个聚落？经过一小时的航行，抵达大坝，下了汽艇，我们还得搭上开往任家坪的小巴，再从该处转搭大巴才能抵达北川。百转千回，几小时后，斗大的“北川地震纪念馆”字样才横陈在我们面前，事实上，抵达终点站的乘客只剩下我一人。

下了车，我不禁担心起自己是否也会是这县城唯一的外来游客。原以为地震纪念馆在北川县里，但往里走没几步，却发现有个“入口购买门票”的指示。询问售票人员，原来，王希没提到的是，地震过后整座北川县城几近全毁，幸存的居民早已被迁至他处另建聚落，留下的断壁残垣则成了“地震纪念馆”。里面没有住户了！我的表演该怎么办？手里拿着印有“5·12”特大地震后的北川县城说明及照片的票根，照片近景绿山如茵，中间被环抱的则是除了几栋尚且矗立着的高楼外，其余房舍全部糊成一片的北川县城，稍远，光秃秃的山群大概说明了地震当时这座城市同时遭受的自然灾害。我还是进入了这趟旅程的目的地，尽管它已人去楼空。

亲人都安息了，您还忍心惊扰吗？

整座城市成为一个遗址纪念馆这个概念其实蛮惊人的。在这里，崩坏的原貌被大量保留下来，一部分仍在整理施工的区域则预计日后开放为资料馆。我顺着因地震而错层、隆起，甚至部分路段流失的街道，看着一座座被钢架勉强支撑起的如同标本的半倾建筑，栅栏外，中、英、日、韩四语的告示介绍着每一栋公共建筑的背景，例如：

“北川职业中学遗址/遇难师生109人/在‘5·12’特大地震中，学校建筑严重损毁，楼梯断裂，幸存师生用床单及被套结成一条条‘生命之绳’，成功将500多名被困学生紧急转移到安全地带。”时隔三年，那条血红色的生命之绳依旧可见，时间在那一刻静止了，各种剖面的楼房、碎裂的玻璃窗花、摇摇欲坠的门面、缺角的涂鸦……三年的风吹日晒雨淋怎么就无法将这片惨相化为乌有？我倏忽想起，哎呀，在那些断垣残瓦之下，还埋有多少当时无法挖掘出的尸身，他们也成为纪念馆里无形的文物，提醒着后人大自然反扑的可怕。我在随身的笔记本上潦草地写下“巨大的坟墓”五个字。

陆陆续续，这座空城出现了其他同我一样的只身旅客，我们以各自的步伐，隔着围栏，试着借由某个未能带走的已经变形的洋娃娃、门上褪色且蒙灰的“囍”字、散落的衣服，去拼凑一个家庭的生活原貌。顺着步道继续，一座被围起的断桥出现在我眼前。断桥上不断有从旁边山坡涌出的清泉流过，断桥于是成了瀑布，水就这么源源不绝地从桥上流落。原本还满心期望来这里演出的我，亲眼见到了一场大地的悲剧，抑或是闹剧，只是演完无人收拾，断桥无法复原，水不住地流动着，杂草蔓生，生命则依旧渺小。

学生宿舍楼
沉痛悼念“5·1
特大地震北川職中遇難師生

最后，我跟随聚集起来的其他游客停在那座被巨大石块湮覆的北川中学阶梯前。位于山脚下的学校，未能逃过伴随地震瞬间倾泻而下的土石流，主体建筑均已覆灭，师生死伤无数。从石阶上望过去，学校的轮廓已经全然消失在线条严峻的巨石堆下。逃过一劫的操场，篮球架还孤身挺立，只是少了孩子们的欢声笑语；同样躲过袭击的五星红旗继续飘荡着，旗座前方挂着一个长形的白色布条，布条上的字句映着风中鲜红的旗帜，格外令人难过：

怀念爱子三周年
儿子 爸妈好想你
想你 心痛 伤心 永远爱你
愿全校师生们一路走好

我的泪水不可抑制地流着。失去的滋味是什么？想念的滋味又是什么？为何爱与想念伴随着如此巨大的伤与痛？伤痛之中，逝者如何好走？生者又如何好活？这座纪念馆残酷地提醒着我们，如同一页翻不过去的历史，但是，它又如此新近，近到你呼吸的空气都有着坟土里亡者最后的气息。

返回成都后，我将北川之行的震撼告诉王希。王妹子毕竟记者出身，理性思维强，一句回应就堵住了我满腔的情绪："豆腐渣工程是需要追究的。但那个节骨眼上没人会谈。现在也是。"接着，她跟我讲述起自己在各地采访见到的类似情形，只是话到一半，妹子突然转移话题："等等我请你去吃四川麻辣火锅，算帮你饯行。你看看我们成都的有没有胜过你们台北什么鼎王啊、太和殿啊那些香港明星的最爱？"她对台北的认识比我还多，连我压根儿都没听过的"女巫店"（台北一家个性书店）她都知道是什么。

我终究不敌天府之国的辣，在王希好心提供我住宿的那一晚，有一半时间我是待在厕所的。

天亮，尽管睡眠不足、肚子不舒服，还是得背起行囊往下一站进发。告别了王希，坐上开往云南的火车，我嘴里不断地哼着前晚在王希家我俩对着计算机放出的音乐所唱的歌曲，从李志的《梵高先生》、许巍的《故乡》、五月天的《我心中尚未崩坏的地方》到Coldplay（酷玩乐队）的*Fix You*。王希说，看Chris Martin（克里斯·马汀）在演唱会上奔跑，像飞翔的鸟一样，那种自由让人感动。是的，我们都在寻找自由，我在台风天三楼的阳台上寻找过，在巴黎的几个狂欢的夜里寻找过，每个短暂的爱情幻象里也有我的身影。我想，我曾经触摸过它——自由——在每次疲倦地寻找之后，在连寻找都忘记是什么的时候，比如说，现在，跟着耳机里的歌曲哼着：

When the tears come streaming down your face（当泪水不断从你颊畔滑落）

When you lose something you can't replace（当失去的已难复返）

When you love someone but it goes to waste（而爱只是徒然）

Could it be worse?（还会有什么更糟的吗？）

Lights will guide you home（灯火会指引你回家的路）

And ignite your bones（点燃你的勇气）

I will try to fix you（而我将会填补你的伤口）

车窗外，自由轻拂而过。活着，自由也才有意义。

6月下旬，云南

从泸沽湖转往丽江的等车途中，我用手机拨了通长途电话回台湾，印度尼西亚帮佣莎莉接起："先生哦，阿公在睡觉，阿嬷跟忆文阿姨去医院做检查了。"

"喔。那家里都好吗？"

"嗯……好啊。要叫阿公起来听吗？"

"不用啦。你跟阿公还有阿嬷说我打回来过。"

我有点庆幸母亲不在电话那头。

丽江古镇

"来，上来的这位仁兄，放下背包，立地成佛。

"哪位说没位子啊？我这个位子让你！

"下了车记得回家，别乱晃啊，小弟，家中老父老母会担心。

“后面那位台湾来的兄弟还好吗？来！为了表达我们的欢迎，大家掌声鼓励鼓励！唉！不对，我手放下（方向盘）鼓掌，你们就全没了。哈哈哈哈哈……”

大巴车上，司机妙语连珠，乘客们纷纷窃笑；能量饱满的司机连中途休息也没停下来，只要看起来像是外地的游客就不免要被他一一盘问“从哪里来？到哪里去？”。我拿着手机，犹豫是否要再拨一通电话回家，两小时过去，母亲应该返家了。但最后，犹豫跟着我上了车，历经六小时抵达丽江，我还是没能按下通话键。

傍晚时分，满街窜动着观光客，琳琅满目的摊商店家、各式食物的气味、云南十八怪的招牌……大型的中西混合式酒吧与贩卖盗版CD及非洲鼓体验的淘碟小店各自以高分贝的电子音乐和民俗风流行歌曲重击着路人的耳膜，丽江古镇俨然是个高密度、高享乐的观光城。在这五光十色的古建筑错综的小街巷弄中，跟着笔记本上抄录简陋的地址与路线找到预订的旅馆花了我许多时间。不知不觉太阳已完全沉落，过小桥，转弯，陌上花开青年旅舍才在近街尾处出现。

晚餐时间，男生八人房里没人，我卸下日益沉重的行李，将床单枕套整顿好后便躺在床上，打开手机，有两通未接来电，家里打来的。

醒来时，房间灯光已经大亮，三个男生一边各自翻找着行李里的衣服，一边讨论着等会儿要去的酒吧，我躺着假寐，听他们抱怨着前一晚的酒吧女生不够辣、没劲。从声音听起来，大学生的年纪吧。派对男孩们旋风似的离开了，留下了依旧大亮的灯。我起身，瞪着小桌上混乱的啤酒空罐及零食碎屑，街道上高频率的喧嚣声不时传来。丽江，或许对于拥有充裕的旅行经费及观光心理准备的人而言是个好地方，但不是“默剧出走”的地方。明天就离开吧，我想，连行李都懒得打开了。

这时房间进来一个男人，手里还抓着换洗衣服，显然刚洗好澡。见我坐在床上，他主动地打了招呼：“哥们儿，被那群小伙子吵醒了啊？”我看着这位身着灰色T恤、身材微胖的男人——他有着眼镜框遮不住的浓眉，脸颊不知为何红通通的——他的问候，包括清楚的咬字，让我会心一笑。相互自介后，老戴迅速擦干了头发，转头便问要不要跟他去吃夜宵，他说旅舍旁边有家卖土鸡米线的，好吃极了。被他这么一说，口中唾液不自主地开始分泌，肚子真饿了。旅行一个半月至今，食物成了我最容易遗忘的事项，常常在赶路过程中，一两顿饭就自动省略了，而且由于经费有限，饮食也一切从简。

一边享用着美味的土鸡米线，老戴一边和我聊开了。我提及在法国学默剧的日子，他看着我微笑着说：“我现在在巴黎一家法律顾问公司工作，专门处理国际官司的。”老戴的工作允许他只需要工作半年，另外半年休息的时间他便回中国四处旅游。“有时跟老婆，不过，多半都是我自己跑来跑去。”他说起自己刻意搭了好几回商务舱来回巴黎和北京，才追上当时身为空姐的老婆的经历——“花了我好多银两啊！不过当时我对她真是一见倾心。”老戴霸气的言语中藏不住幸福的语调。他喜欢云南，几乎每年都来。一听我对丽江颇有微词，老戴竟然提议：“那明天跟我一起去虎跳峡。我们看看旅馆有没有人要一起拼车去的。虎跳峡我算熟，那里你应该会喜欢的。”我从他身上看见了阿达的身影，那种豪爽的、不拘小节的神采。

“好。”我再次把自己丢了出去，也许是一段新的冒险。

虎跳峡的意志力考验

“成行了！”老戴兴奋地跑进房间，向我大声报告了这个消息。这个我在青年旅舍新认识的北京朋友，和我一见如故，相识第一天我俩便从晚餐聊到了夜宵。

虽然花了两天的时间，老戴果真还是在旅舍里找到了一群志同道合的“驴友”。经验老到的他在丽江客运站找了辆面包车，替众人杀好价，便带着大家上了路。我开始信服于中国人群聚的力量：拼车，拼桌，以最有效率、最省钱的方式在旅途中生活。两小时后，面包车抵达上虎跳峡的桥头。隶属于香格里拉县，金沙江上游的虎跳峡分上、中、下三段，南有玉龙雪山，北有哈巴雪山，地势险峻，水流湍急。老戴说，天有点晚了，我们直接乘车到中虎跳的Tina's Guest House（旅店）住一晚，再一路徒步下去，预计花三天时间返回上虎跳。听到香格里拉及雪山，我兴奋地提及曾经看过的雪域传说：听说香格里拉有秘境，至今仍住着一群具有高超智慧及超能力的古老生命，他们由雪怪守护着。“古老生命也没用，你先熬得过虎跳峡再说吧，台湾哥们儿！这里的山路不是那么好走。”老戴泼了我冷水，转身，便往一间旅馆走去。

“行李能寄存的就寄存在这儿，”从旅馆出来满头大汗的老戴大声叫着，“随身的行李越轻越好！否则最后苦了自己，没人有余力帮你们。”他刻意加重语气，众人马上战战兢兢地收整起行李，气氛顿时变得紧张。考虑再三，我还是放弃了沉重的默剧化妆包及表演的打算，不希望影响集体的活动进程。

车子抵达中虎跳的Tina's Guest House时已经晚上9

点，方才千绕百转、几度没有路灯的完全黢黑的山路令队伍中的罗老师有点不舒服，一到旅馆便直奔厕所。八人团队，除了我和老戴、罗老师和同行友人小邓、来自北京的顶个大光头的老王、大学生小张，还有一对关系不明的男女——大李、小李。八人安顿好后，我们爬上顶楼，十五的明月已高挂夜空。

清晨，不等老戴提醒，大家早早起床洗漱，开始集体行动。一起在旅馆用过简单的餐点后，今天主要是中虎跳峡探险之旅。出了Tina's Guest House，老戴熟练地带着我们走向一条下行的山坡路段。山坡路陡又多碎石，得时时留意步伐。长相逗趣、戴着眼镜的大学生小张走起路来难掩年轻人的莽撞，一连在这狭小陡峭的山路摔了三次，每次摔倒就要带起一阵土石滚落。领队老戴耳提面命，这里提了醒，那里又传来小邓姑娘的惨叫，土石再次翻落。光头老王兴致高昂，沿路不断用他的京片子对着几位姑娘哼着小曲，有时挑逗，有时揶揄，直到罗老师终于表示反感并出面制止。西安来的大李（阿言）和小李（李巾）自成一队，身材高瘦的李巾一身墨绿劲装及墨镜，一脸利落的线条透露出她坚韧好强的性格，她几度超前，几乎脱队，我从后面仿佛感受得到老戴头巾之下压抑的怒气。而同样也戴了副像Ray Ban（雷朋）墨镜的大李有时在李巾身后如护花使者，但多半时间又只是闷着头自顾行走，两人的互动状态，我始终看不明白。不久，我们抵达当地居民张老师自主修建维护的“张老师步道”，缴了过路费，路面果真变得较易行走，大伙下降速度加快，没几分钟，黄浊色的、湍急的金沙江水就出现在我们眼前。浩浩江水拍打着峡谷两岸，尤其那块蹲踞在河道中央的虎跳石，激荡起巨大的白色水花及重度立体声响，甚是壮观。老戴说起虎跳石的由来，不意外，就是传说中老虎从这岸跳至对岸时，中途加以借力的石头；听完，每个人转身又回到眼前实际的壮观景致中。

老戴专业领队气势已出，给足大家时间沉浸在峡谷的风景之中拍照、探险，还不忘随时提醒注意安全及集合时间。离开虎跳石，一路陡升的上坡考验着团队中每个人的体力，尤其当第一座天梯出现时，众人傻眼，连老戴也面有难色。近九十度的天梯同样也拦截住一批欲向上通行的游客。瞬间，众人望梯兴叹，直到光头老王大喝一声“老子来也”并开始往上攀爬，阻塞的人群才缓缓疏解。虽然旅途至今体重已掉了六七公斤，但我仍然是全队吨位最重、年纪最长的，老戴开玩笑说，尚德您德高望重，最好殿后走以免塞住大队人马，但又害怕我有什么闪失，所以跑来后面护着我。第一座天梯还有点斜角可以偷力，接着第二座、第三座残酷的直角，几乎是让人颤抖着上去的。

爬完三座天梯之后，我的双手已经毫无气力，肌肉隐隐发疼。然而迎接我们的是更大的挑战，从一线天绕道回Tina's Guest House的全上坡陡升土石路段，比来时的路更艰难。团队很快就被完全打散，疲倦的每个人只能以各自的步伐走着。因为要带队，老戴必须走在最前面，但到中段时，他明显也撑不住了，只是跟我一样强忍着。我是争一口气，不想让众人看笑话。年轻人小张还有光头老王体力好，等老戴几乎停下脚步时，索性甩开漫长散落的队伍快步超前。我跟老戴停住，年纪相仿的两人汗流浃背，像两只丧家之犬。“你往前继续吧。”气喘吁吁的老戴这么说，应该是没看出我跟他处在相同的窘困中，我愣了一下，好吧，艰难地提起脚，慢慢将他落在后方。

事实上，这一起脚，我就再也没停下来。体力即将竭尽之时，从疲倦的身体深处突然涌现出强烈的意志力。我豁然明白，这意志力是长久累积的能量的爆发——是从小独自面对创痛，后来在巴黎生活，咬牙撑过学默剧那几年日复一日沉闷的学习，回台后面临拮据的生活，一直到这趟“默剧出走”的刻苦旅程至今，虽然迷途过却始终没有停下的步伐汇集起来的力量的延续。我就这样走着，超越了在路边躺下的光头老王，也同样将瞪大眼睛惊讶地看着我的小张甩在后面，第一个爬到了终点。

“真是没想到台湾哥们儿这么厉害！惭愧！惭愧！”

晚餐时，老戴递给我一瓶啤酒，像是颁奖一样，但随即就变换语气对众人说：“今天算是暖身。明天我们往上走到上虎跳，这段路比今天的更难走，不是开玩笑的，”他看了光头老王一眼，“很多路段狭窄而且是悬崖，摔下去可没救的。我们预计连走四个钟头，清晨6点出发，四个钟头如果走不到‘哈福威’（Halfway客栈），我们会被太阳晒死。体力不行的、想退出的，我会帮你们找车从Tina（旅店）这里转回桥头去。车子应该可以坐四到六人。”老戴眼镜后方两只眼睛透着犀利的目光，连一路话痨的光头老王都没吭声。

这晚，我们睡得特别谨慎，只能养足精神，以免明天沦为退转的名额之一。

Halfway（中途）——看脚下

6点不到，天还残留着昏暗夜色，我们已经穿戴整齐，踏上了新的旅程。老戴没有吓唬人，昨天虎跳石、天梯、一线天的步道虽难走，但基本还有树林遮阴，今天一离开Tina's Guest House，往上走的几乎全是碎石裸岩的山路，

HALF WAY

我可以想见老戴昨天提及的烈日的潜在威胁，尤其我们都是即兴凑起而没有专业装备的一行人。

8点多，太阳完整地出现在山头，增加了行走时必须承受的热度，但同时也点亮了整个峡谷的美景。大伙拿出相机争相捕捉美景：群山环绕，仰头，蓝天清澈，白云如浪花，令人想一跃而上，永久沉溺；低头，金沙江含蓄成一条穿起这幅景致的细微的生命线。老戴依旧低头行走，离停下的众人越来越远，然后他转头往后喊了一句什么，我们没能听清，只能迈开脚步继续行走，边走边欣赏沿途美景。然后，状况就在这之后发生了。

我们在一个山泉形成的临时性瀑布落下处追上老戴，已经通过瀑布的他指导着我们该踩在哪几块石板上跳过去。瀑布水量不算大，但通道上的石板积水严重，容易打滑，罗老师、小邓、小张、我陆续通过，大李、小李远落在后不见踪影，光头老王则拿起相机想要从瀑布下方斜角往上拍，此举马上被老戴呵斥制止。光头没辙，只好放下相机快速通过瀑布。只是没想到，当众人继续向前时，光头已经偷偷转身回去想要完成任务。发现此事是因为后方马上传来一声惨叫，叫声在山谷里回荡了几秒。“他妈的！”老戴咒骂一声，随即回头快步走去。众人随后抵达时，光头已经全身湿地蹲坐在瀑布旁，怀里的相机无疑也泡过水，他大喘着气，老戴则是怒目相向。原来，光头老王为了拍下各种角度的照片，不小心踩到了一片脆弱的石板，整个人失去重心摔落在地面，仅差几厘米的距离，他就会连人带相机跟着喷落的水流冲向山谷下。

“我刚刚跟你们说了，不要贪看景色。在这里，欣赏风景跟行走，你们只能选择一件事做。而我们要做的，是赶路。”

光头显然不买老戴的账，意外发生后，他更刻意地减缓步伐，脱离队伍。我则有点担心李巾他们的状况。

其实，老戴说的话有道理，通往上虎跳峡的这条路美不胜收，但当你贪恋眼下美景，行走中的脚步便容易混乱失衡。“跟上队伍，然后视线就摆在前面一个人跟自己的步伐中间，注意力必须在脚下。”老戴的话有禅意，看脚下，在当下，美景与行走，必须取舍，“还有，休息时，不要坐下来，渴了喝水，喝一口就好，行走中的人很容易贪图休息，一怠惰下来，要再开启动能，就不是那么容易的事了。”

抵达Halfway旅馆时，已是上午11点，最后那段太阳暴晒下的行走对大家都是很大的折磨。等我们房间和床位安排妥当，补充了水分，稍微修整面容后，落后的三个人才一脸狼狈地到达。原来，李巾在路程一半身体突发状况，头痛犯恶心，影响行走，大李劝她返回，但个性倔强的李巾不愿服输，于是两人走走停停，而且从现在两人的互动看来，沿路应该口角不断。

Halfway客栈顾名思义，路的中途。客栈里种满各式花草，不小心还能发现几株野生的五叶大麻。应该是当地白族的老板娘和几名说话呛辣的姑娘正忙里忙外招呼着午餐，这个著名的客栈，也吸引了大批国外观光客到来。木造小屋容下了我们八个人和两名分别来自瑞典及爱尔兰的男生。走出屋外，玉龙雪山就在眼前。我们不约而同地拿出相机，总算可以无所顾忌地拍照留影。Halfway的厕所也是一绝。打开门进入隔间，消失的第四面墙让我们蹲厕时面对的是同样的壮观山景，顾此失彼，如厕时间拖长许多。

Halfway闲散生活的第一天，多半时间我就躺在阳台或是坐在无遮蔽的楼顶，对着山景、蓝天白云发呆，用眼睛跟着凉风数着节拍，睡睡醒醒。光头老王嘴里，腥膻色笑话没有停过，同样也是北京人的老戴则明显对他嗤之以鼻。李巾这几天跟我走得近，老是叫着台湾哥哥。晚上，趁着大李入睡，李巾抽着烟在阳台边跟我讲述了她跟大李的关系——为了这个男人，她放下西安酒吧的工作一路追随他到云南，只为了确定自己在这个男人心中是否有她想要的位置。李巾一直等着男人先开口，但沉默的男人始终不给答案，只有模棱两可的肢体语言与刻意闪避的话语。李巾抽着烟，说着她的苦恼，脸上原本凌厉刚强的线条在夜色与爱情的迷惘中变得柔和。

“我大老远跑来这里，这个动作很明显了吧！他应该知道我的意思。”

“直接问他吧。否则看你俩这几天相处的模式，看得我都烦了。”

李巾笑了笑，笑容中的她很美丽，但直觉告诉我，这个男人并不爱她。

已近凌晨，李巾和我准备返回寝室，阳台上突然多了两具“尸体”。同房的爱尔兰人和瑞典人嫌室内空气不流通，于是自己拿了睡袋铺在阳台，说要仰望星空直到入眠。爱尔兰男生Eric在晚饭时跟我聊了许多，在都柏林当会计师的他，每年一个月的假期会带着他的非洲手鼓到处旅行。“今年的假期，我全部贡献在云南了。”他眯着眼睛笑着，棕黑色的短发、放纵的胡茬儿，会计师与艺术家两种性格融合在他身上，十分迷人。在大理和丽江，Eric常拿着手鼓在街头演奏，不为赚钱，“but to earn some sparkles of life（为了赚得些许生命的火花）。”他说。那火花，我在他深绿色的眼珠里也看到了。

我在躺着的Eric身旁坐下，瑞典男生Joshua睁着眼睛看着星空，满是享受。带着吉他旅行的Joshua是Eric在丽江青旅认识的，很快两人就结伴一起在街头表演。“所以你一路表演默剧？很酷啊！你收费吗？”Joshua突然转过头问我，二十五岁的年纪，讲着带有腔调的英文，感觉就是个勇闯天涯的大男孩。“Nope, I am here to earn some sparkles of life, too（不，我也为了赚得些许生命的火花）!”我这么回答。裹着睡袋的Eric大笑，笑声如划过的流星般灿烂。

跟两位道过晚安，我回到早已鼾声大作的房间。

这夜，我辗转反侧，难以入眠，只好睁着眼睛看着上铺的木头床板。我还是想起台北的家。进入云南之后就没再与爸妈联络了，这几天在山上手机收不到信号，无法拨打。

眼底星空

紧闭的房间里二氧化碳过多，闷着疏通不开，我终于起身，将棉被披在身上走出去。户外凉爽许多，知道Eric和Joshua在阳台上睡觉，我刻意将动作放轻。不对，阳台上只剩Joshua还在他那具橘红色的睡袋里，Eric则不见踪影。也许是我没注意到，他已经回房间睡了吧。满天星斗实在迷人，近得似乎随手可摘，我爬上通往顶楼露台的阶梯，想要没有死角的视野。上了露台，却发现地板上躺着一大包如蛹般的黑色睡袋。是Eric？我试图走近确定他的身份，只是没想到，他同时睁开眼睛，吓了我一大跳。不知如何是好，我们就在黑暗中这么对视着。

“哇！不要动，你的眼睛现在也埋在天空中，像是星星一样。”躺着的他显然没有入睡，话语清晰。

我突然语塞。

“你都把棉被带上来了。我不邀请你一起躺下，就太没礼貌了。来，请躺这边。”Eric坐起身来，从睡袋里抽出手，在他左边的木头地板上敲了几下，清脆的声音格外明显，露台之下就是房间，我有点担心吵到下面睡觉的同伴们，于是将裹在身上的棉被卸在地上就地坐下。

“躺着吧。你这样坐着看着我说话，不会吃力吗？”

“唧——唧——唧——唧——”暗藏在夜色里的不知名的昆虫们叫声各异，但听到最后全汇聚成了同一个音；入夜后，它们肆无忌惮地高声唱和着生命，无法无天。我将棉被对折，将自己夹在中间，躺了下来。

“听你的旅行经过，我觉得很棒。你很勇敢，Sunteck（尚德）。”

望着星空，听着几乎要盖过Eric讲话声音的虫鸣声。“我自己也觉得很勇敢。但这没什么（C’est pas grand chose）。”我稍微放大音量这么回答他。但我心里清楚，这只是我的防卫机制，为了反对而反对。

“勇敢当然没什么了不起的啊，因为勇敢之人本来就具备勇敢的本质，就像懦弱之人，会始终懦弱一样，只是什么时候释放出来，释放多少而已。我只是想说，你值得被看见。”Eric丢下这句话后闭上双眼。我侧着身体看着他，高挺白皙的鼻子，像是黑暗中的玉龙雪山；他嘴里轻吐的气息就像雪山顶未融将融的积雪，一个大地的呼吸就蒸发成了稀薄的白雾。

星空下，一切骤然沉默。

路的中途，我什么都看不见，却什么都看见了。

7月中旬，西安

第三天，持续以双脚探索这个中国历史上重要的十三朝古都。7月，进入大假期，我的旅程开始感受到人潮的压迫，青年旅舍都预订不上，得当日打电话或直接前去碰运气，城市各大景点，如秦陵、兵马俑、华清池、陕西历史博物馆等地，皆形成排队长龙，排队时间可能比参观时间还要久。我从同样拥挤的回民一条街窜出时，天空已经飘起小雨。雨明显没有打乱小吃街的拥挤画面，仿佛只有我一个人逃出来。转至钟楼，雨势突然变大，我拿出背包里的伞，决定往小巷子里钻，既然决定要上街表演，无论如何就必须完成。

闲适的云南过后，旅程进入后半段，质量也发生了细微的变化。初期的放空、晃荡、被动接收，在进入西安之后，转化成一种“默剧出走”的清晰思路——庶民文化及与之对应的身体表达开始融进我的肢体默剧系统里，衍生出新的表演语汇。我的身体呈现出前所未有的开放与吸收状态，成为一种有思想的中介，环境中的人、事、物透过我的身体，有了新的折射。

穿过西安的钟楼，往北走，伞下的世界很宁静。我想起登虎跳峡时老戴说的“看脚下”，就这样一步一步，静心地踏着人行道上泛起的无数小涟漪，不知不觉走过了西安车站那段城墙，来到城市的北区。持续行走，雨势渐小，我在街角的一处广告牌上发现“大明宫国家遗址公园”指示字样，出于好奇，走了一个多小时，穿越过几处荒废的旧房舍及挟带着垃圾的黄色土堆后，几只等身的仿唐三彩骆驼雕像出现在眼前，崭新的彩色骆驼商队明显与周遭荒废的景观格格不入。向骆驼商队后方望去，几近平坦，只有工地机具及成排新植的行道树点缀的场景，揭示了唐朝大明宫遗址的所在地。

废墟内的演出

遗址明显还在整理阶段，尚未对外开放，也见不到入口甚至篱笆，我莫名其妙地就进入了所谓的园区。偌大的园区内，几栋原地新建的仿古宫殿已经落成，其他多数建筑则还在施工阶段。两三处积水的大型红土方坑内，除了倒塌的大明宫广告牌外，淤泥中若隐若现的老旧木桩及色调明显不同的石阶，不知是否为一千三百多年前唐朝大明宫的原始结构。出土的结构，风吹雨淋，只有荒凉可以形容。也许是停工的关系，园区内只见到零星的工人在临时搭起的组合屋外走动。然后，我在写着“含元殿遗址”的石碑旁发现一个直立的单薄告示。破了洞的告示板上有张放大的黑白照片，拍摄于2007年，照片还原了遗址公园还没被开发时的聚落样貌。当时，含元殿石碑更为老旧，石碑旁端坐着一位双手拄着拐杖的老婆婆，她的身后则是批注为居民棚户区的砖石房舍。

环顾四方，整个空旷的场域只剩下我一个人。不知是雨还是自己方才的想象带来的寒意，我开始连续打起冷战。正当决定往回走时，眼角余光偏偏瞥见不远处几栋看似半毁的房屋中有人影掠过。害怕抵不过好奇，我于是偏离园区大道，快步越过那片尚未整治的泥泞红土，想要追上前去搞清楚人影的由来与去向。结果，我在连续几间倾颓的石砖水泥屋舍及阻塞的巨大土丘中发现了一条人走出来的通道，只是必须穿进毁坏的房子内部，跳过窗子，再爬过另一座建筑废料堆起的土丘，才能继续沿着通道行进。我只好收了伞，手脚并用，却越爬越起劲，兴奋地想象着通道的尽头也许有一座避世的桃花源。

抵达通道尽头的开口前还要穿过一栋只剩一半的两层楼建筑的二楼隔墙，爬过隔墙上的洞口，再从一个被刻意置放的竹梯爬下来绕道至房屋正面，“复行数十步，豁然开朗”，通道连接着的是一个平民生活小区。只是，小区地面泥泞，许多屋舍外墙写着黑色或红色的“拆”或“验”字，面目颓然。我理解了，这座“桃花源”只是一个正在整治中的观光区外围地段：留有“家和万事兴”门联的剖面楼房、腐败残破的家具、瓦砾废土……小区内还有数十户未迁走的人家似乎勉力地维持着原有的生活，菜贩的叫卖声、躲闪着路面水洼的电动车、墙上的孩童涂鸦穿插其间。我在一家货架上只剩零星商品的店铺买水，老板娘从破旧的冰箱里拿出一瓶微温的农夫山泉……往小区更深处走，有的建筑还保有空壳，有的则被打回一堆堆建筑原料。雨势暂缓，我决定在这里做一场演出，希望演出可以开启对话的可能。

选定一处干燥的空地开始上妆后，一位路过的大叔好奇地靠近观望，我化着妆也不忘露出善意与他打招呼。大叔没有回应，也没久留，转身返回原路。几分钟后，他又出现在我面前，只是身旁多了两个小孩。孩子嘴里嘀咕着，终于年纪较大的姐姐趋步向前，朝我丢了句：“你是什么？”

“你说我像什么？”

“我不知道，”绑着马尾辫的小女孩突然娇羞起来，“是唱戏的吗？”

“是白天的鬼啦！”女孩身后的弟弟突然这样大喊着。喊完，又躲回父亲的手掌下。

“是川剧变脸吗？”女孩不放弃地继续猜测着。

惊讶着女孩年纪小小却拥有如此的文化知识，我不顾脸上未化完的妆，将两只手摆在面前，随着双手开合，用表情变化试图做出川剧变脸的效果。此举明显逗乐了两个孩子。就在这时，两个男人从我身旁紧闭的大门内突然走出。见了我的模样，男人们嘴角露出笑容，停在门槛上静静观看。我拿起画笔继续将默剧妆完成。妆容完成后，快速热身，接着，我从地上捡起一段开了几个旁杈的枯枝，就在五个观众的面前展开了表演。演出内容很简单：还原一棵树，由枯萎到繁盛再到树苗。两个孩子因为看懂了演出而骄傲地向父亲讲解着，那对门槛上的男人则趁空从门内搬出了两把板凳坐了下来。几个零散的住户像是虫子般不知从哪儿爬了出来，当我抛开枯枝进行下一段表演时，身旁已经围绕着十几名观众。

后段互动的演出在清脆的掌声与笑声中结束，不知是不是与周围的荒凉感形成了反差，这也许是出走到现在最响亮的掌声了。掌声之后，坐在门口板凳上的其中一个男人开口，算是代替大家说出对我的疑问："您演戏应该要到人多的地方去，怎么会到我们这儿来？"

我大致讲解了"默剧出走"的旅程，然后开玩笑地对还在观望的居民们说："不小心发现了你们的"秘密通道"，误打误撞，就这样进来了。"

门口的男人原来是对兄弟，刚刚发言的哥哥一听我从台湾来，便抢着说："好开心可以看见同胞啊！"

"台湾兄弟啊，可不可以再为我们表演一段啊？"

"乐意之至啊，大哥。"看着衣着朴素的两兄弟脸上的笑容，我起身，拍拍屁股上的灰尘，给了两兄弟一个振奋的回应。

兄弟俩提议去个更"戏剧化"的场景，我跟着他们转过几个事实上已经模糊不清的街角后，一处惊人的场域出现在我面前。那是个几乎被夷为平地的住宅小区，除了旁边几栋结构依旧可见的房子外，满地的砖石全是被打掉的房舍，像拼图碎片。我冒险爬上其中一栋应该是三层楼的房子，开始在断壁残垣中小心翼翼地移动身躯，避免从楼层中的破洞或是从建筑断面凭空摔下。演出试图拼凑起家庭的日常生活：早起刷牙、洗脸、吃早餐、看报纸、逗弄小狗、煮饭、聊天、吵架……最后，

演出在我对着空中做了一个开门的假动作后示意结束，鞠躬，观众中间传来掌声。

“谢谢你。下次如果你再来，一定通知我啊！我带你来我们的新家！”哥哥把电话号码念给我听之后，紧握着我的双手道谢，他的眼睛弯成一道美丽的弧线。

人与人之间的情谊真的很奇妙，前一刻陌生，后一刻却能握着彼此的手，互相给予祝福。临走前，我突然兴致盎然地向他们唱起一首闪过我脑海的歌：

还记得年少时的梦吗？像朵永远不凋零的花，
陪我经过那风吹雨打，看世事无常，看沧桑变化。

才唱没几句，没想到哥俩竟然也跟着哼了起来。“这首歌我们也很拿手啊！”哥哥眼睛闪着光亮说着。

那些为爱所付出的代价，是永远都难忘的啊。
所有真心的、痴心的话，永在我心中，虽然已没有他。
走吧！走吧！人总要学着自己长大；
走吧！走吧！人生难免经历苦痛挣扎……

小区里，响起三大男低音的歌声，破落，但动人。

关于爱情

西安最后一夜，会了李巾一面。返回工作岗位的李巾在自己开设的酒吧吧台后一脸倦容，显然还没从旅行状态调整回来。“喝点什么啊，台湾大哥？”我要了瓶雪花啤酒，刚好店里来了客人，李巾转身忙去了。

虎跳峡之后，众人各奔前程，我只留下了李巾的联系方式。

李巾走回吧台调着客人点的酒，淡蓝色的调酒和我脑海中的印象交叠呼唤出虎跳峡天空的颜色。

“那你们后来呢？”李巾将调酒送出后又转回吧台，我还是开口问了她跟大李的事。她为自己打开一瓶啤酒，直接对口喝了起来，“我听你的意见，跟他说清楚了”。

“哇！你跟他表白了。那他的回应是？”

“他说，他不能为他的未来做决定——”

男人拒绝了她，以一句我们都抓不到意思的回应。也许是托词，也许有哲思，但都无妨，事情算是有了个了结。昏暗的光线下，李巾的脸回复到我们刚认识时的洗练锐利。“也就这样了。”她耸耸肩说。关于爱情的话题就此结束。

告别李巾，离开酒吧一条街往鼓楼的旅馆方向去，已近午夜。人行道上有个女孩正对着手机歇斯底里地咆哮着。手机浅浅的蓝光映在女孩白皙细致的脸孔和红唇上，只是从红唇翻倒出的，却是连串的咒骂与指责。

“这些话，你去跟你下任女朋友讲吧。”女孩这句话给入夜活动渐歇的马路打上一记惊叹号。我回过头，她已放下电话，往反方向走去。另一个爱情的话题也在今晚结束。

7月下旬，内蒙古 呼和浩特

Johnny要我双脚、小腿紧紧扣住马身，屁股放松，随着行进间的马身上下震动，不要抗拒。Johnny自己骑了一匹马，手中牵着我的马的缰绳，在这希拉穆仁大草原，名字听起来很像“Johnny”的蒙古族年轻人正指导着我“如何骑马ABC”。事实上，在观光区骑马实在不需要什么技巧，反正马有人牵着踱步缓行，半小时团进团出，等于只是坐在代步的（马力不足的）园区观光车上。7月，希拉穆仁大草原上的牧草并没有想象中的翠绿茂密，反倒露出一块块光秃秃的黄土地。刚刚喝了几杯蒙古族的欢迎白酒，醉醺醺的；坐在体型矮小的蒙古马上，我想象着自己也拥有这马上民族的潇洒英姿，想象着成群将士胡服骑射，即便马根本没跑起来，而我前面的两位大婶骑在各自的马上嬉笑，说着“小便都快被震出来了”之类的闲话。

领着我走在队伍最后面的Johnny二十岁都不到，日晒出的黝黑皮肤遮掩不住青涩，被安排在最后也是因为他是新手。刚开始，新手Johnny的确吓坏了我，我刚战战兢兢地爬上马背，马就突然失控，猛力甩头一转，缰绳便脱离了Johnny的手，他愣住了，我则吓得连声音都叫不出来。幸好Johnny及时稳住场面，拉回缰绳，然后给了我一个青春无敌的微笑。

无奈，我的这匹马状况连连，Johnny的微笑支付不及，大队行走时，马儿不是罢工停在路边，就是试图挣脱缰绳，忙着处理问题的Johnny头上印有“RUSH”（冲）字样的潮帽形成强烈的讽刺。最后，我们慢慢地被队伍遗忘，直到四周只剩下空旷的草原和蓝天。

“对不起啊，浪费了您的时间。”Johnny将歪斜的帽子摆正。

“喔，没关系，你慢慢来好了。”

“这样吧，我多半个小时给您。带您继续绕绕。”

“不用麻烦啦。”我紧抓缰绳，双腿紧扣。

“没事的。”

Johnny没听出我的“不用麻烦啦”的意思，等待马儿状态平稳后，便带着我往另一条路走去。远离了团体，马儿自在得多，连带我也安下心来，终于可以喘口气，好好欣赏这草原接连的壮阔天地。Johnny明显也放松了，开始哼起蒙古族歌曲，歌声伴随着嗒嗒的马蹄声及柔和的风声，穿起一首天、地、人的草原牧歌。

“我们跑起来吧。”Johnny转头看着我，青春闪耀。方才的危机全被这美丽的牧歌冲淡，此时，好像真的必须让马跑起来才能为这首大自然的曲子添上更动人的转折。我于是点了头。

Johnny先是策动自己那匹马缓跑起来，手里牵着的我的这匹也跟着一起，他要我抓好缰绳，屁股及胯顺着马背上下运动，慢慢找到相合的节奏。在下体被狠狠地撞击了几次后，随着马儿奔跑的速度加快，我逐渐找到感觉，仿佛与马合成一体，刹那间，我以为奔跑的是自己。我突然想起虎跳峡那个攀爬过几座天梯和陡峭的石头山路，第一个抵达终点的自己，当时，心里的声音说着：有这样的意志力，往后，没有你挑战不过的东西了。一路旅程至今，经过重重挑战：人群的恐惧、环境的适应、孤独与亲密，我觉得部分的自己，那凋枯却不舍离弃的，过剩却黏腻的，一一被从内在某个拥挤的存储空间里推出来——那空间里有另一个不愿意长大的我——随着旅程中的每次咬牙、扼腕、踌躇、鼓起勇气再前进而剥落。

迎着风，我感受到前所未有的轻快，定神一看，

Johnny早已松脱了手上的牵绳，两匹马各自跑着，随着身体在马背上的震动，我觉得下体里有颗被层层包裹住而无法触及的，像是甩炮一般的东西被震炸开来，随即便有股暖流从我下体流淌而出。下意识地扯了一下右边的缰绳，马竟然缓缓停住，Johnny回头，有点不可思议地看着我说："你是我们蒙古族人啊，这么快就学会骑马了！"我苦笑，双手撑着大腿，想要搞清楚正在从体内流泻的到底是真实的体液还是感觉。闭上双眼，感觉那像是一道挟带着经年累月的茫然、恐惧与孤寂缓缓流出的能量，而在它消失时，我听见身体里有个掉落的声音，既重且轻。

Johnny骑马回到我身旁时，看着惊坐在马背上不动的我，没有动作，我的状态吓着了他。我试着聚集开始散乱的意识，才发现方才从我体内流泻出的"黑潮"也掏空了我身体的一大部分，内在的疲倦感顿时涌现，连马也跟着莫名躁动起来。抬起头，勉强举起手向Johnny示意OK，他点点头没多过问，踢了一下右侧的马腹策动马儿行走，我也学着他踢了一下，马儿走动起来，继续未完的行程。行进中，我知道，有些事情正在终结中。

终　站

在澳门做完最后一场演出，我踏出足迹小剧场，手机突然响起，二姐打来的。

“弟，明天要回来了是吗？”

“嗯。”

“好，有件事我们这三个月都没告诉你，怕影响你的心情，但既然明天要回来了，我觉得应该要让你有点心理准备。”

“嗯。”不知为何，我几乎可以猜出来是谁出事了，莎莉曾经在电话里欲言又止。

“妈妈6月的时候被检查出大肠癌晚期，医生说，乐观的话，剩六个月，”二姐停顿了一下，“你回来后——”二姐话又吞了回去。

“嗯。”

挂上电话，空望着剧场前的斜坡路，有人往下走，有人往上。我的母亲，那个总是想控制我，总是以粗暴的言语对我，在我面前数落哥哥姐姐们的不是，那个我曾默默诅咒她离开的母亲，要死亡了吗？

这几年，我和母亲之间的距离的确退至一个连共处一室都能令彼此尴尬的地步。母亲并没有放弃要我转行的劝说；然而，劝说的结果从开始双方大吵，到后来不欢而散，沉默地回到各自的角落。有了宗教信仰后的母亲在家大部分的时间都待在三楼的佛坛前——她自己安静的小空间。只有小学毕业的她，开始在附近的中学读起夜间部。说是读书，其实更多的是想让自己不要闲下来；忙碌，毕竟是她习惯了一辈子的事。十四年前，家中的杂货店“和气商行”因为抵挡不过连锁便利商店的竞争而决定关闭后，母亲一度还有孙子们可以牵挂；后来，我人在巴黎那段时间，通长途电话时，我们总可以就她那群孙子的话题聊上几句。只是，当孙子们长大离开，母亲又得继续找寻可以忙碌的活儿。佛龛前的小茶几上摆放着好几本母亲借由抄写佛经和佛学杂志来训练自己写字、认字的笔记本。几次，我偷偷翻着，不由得敬佩起我这刻苦耐劳的母亲，笔画刻得如此用力，字句几乎都要穿透纸页，可能连她的孙子们入学写功课也没她那么勤劳吧。然而，当我发现自己的名字也被刻画在笔记的某一页时——祈求小儿子尚德：1. 能远离坏朋友；2. 有个稳定的工作，不要再做表演；3. 能尽快成家——我只能嫌恶地将那承满墨水的重量与错误期待的本子放回原处，不，我将它放在更醒目处，试图让母亲知道，我看过了。（但我会依然故我）

听闻母亲病讯的当下，我更多的是疑惑，疑惑命运的安排，究竟出于何种逻辑。

从桃园机场出关时，已近深夜，近十五的月亮高挂夜空。悲伤这时候才从心底渗出，最大的难题，总是在回家之后。

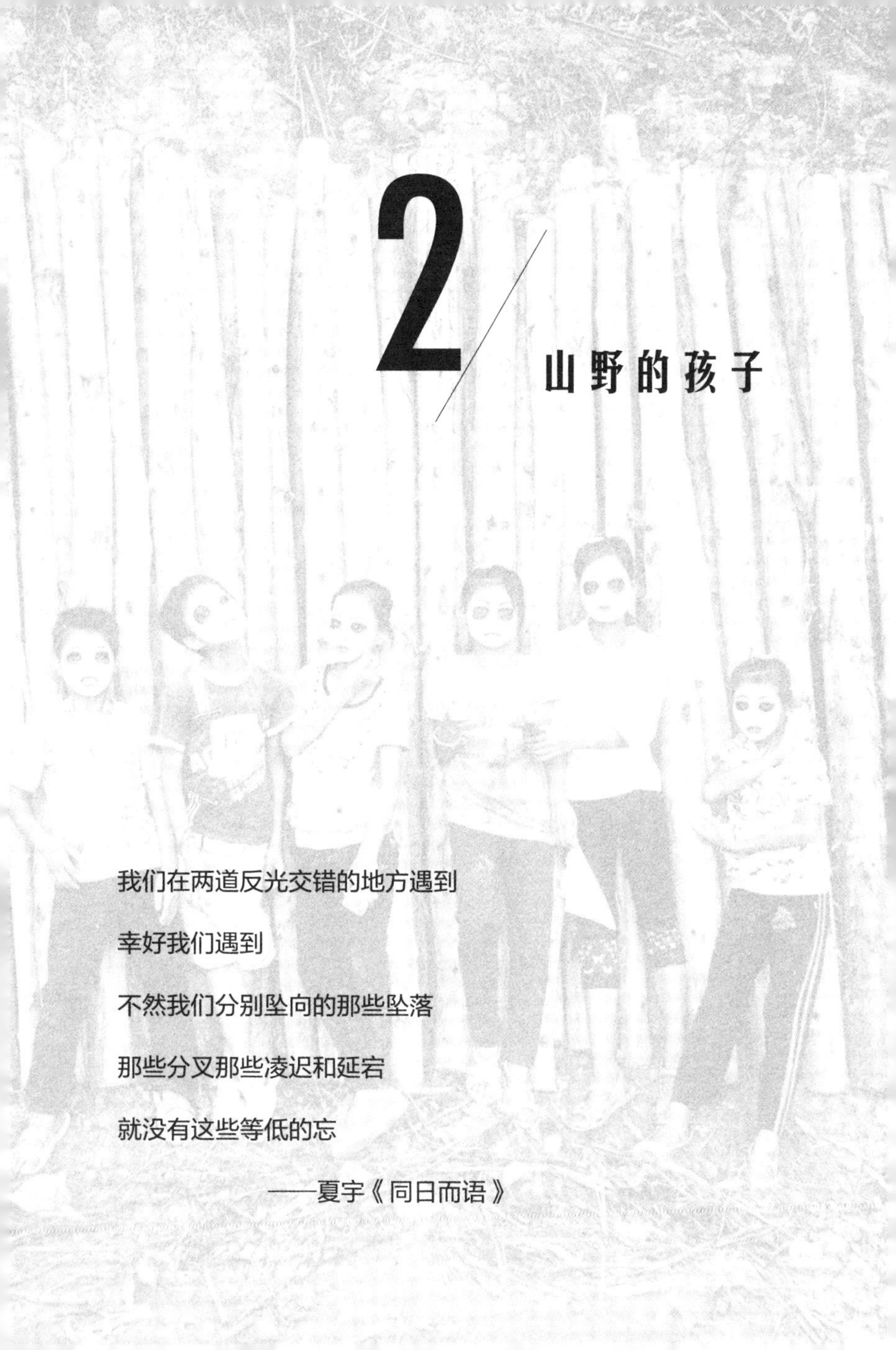

2 山野的孩子

我们在两道反光交错的地方遇到

幸好我们遇到

不然我们分别坠向的那些坠落

那些分叉那些凌迟和延宕

就没有这些等低的忘

——夏宇《同日而语》

我的左手掌突然多了一分温度与重量。

我瞪大眼睛响应翔平，一种强烈的不适感接着贯穿了我整个身体。

翔平的手，牵起了对默剧的爱好，也牵起了我内心潜在的恐惧。

我想要逃离。

夜黑，热情的男孩看不见我的仓皇与尴尬，

但我却清清楚楚地在他的脸上读到了一种幸福感。

夜，不够黑。

面对贵山的拥抱，我完全不知所措。

飞机严重误点。

广州白云机场的候机楼里，先前不断高分贝放送道歉、更正班机降落与起飞时间的广播不知何时停了下来，不再努力。距离凌晨12点已经不远，我跟广播一样，也放弃了。什么都没想。飞机抵达南宁后的住宿？明天一早该如何转车去大化？相关资料全被我粗心地留在家里了。夜深，前方的落地窗外，除了停机坪上的指示灯无奈地明灭，一片寂静，没有班机起降，见不到地勤人员的身影，空的舞台全让给那已经迟到两小时的CZ3308班机。落地窗上嵌着的倒影是一排排等待的观众：沉浸在耳机世界里的、手指在iPad闪亮的屏幕上厮杀的、专注地啃着油亮的鸡爪的，还有像我一样，直愣愣地望着前方，看着时间自行生灭的。今天，2012年8月21日；再过四个月，“世界末日”将要来临。

旁座的小男孩撑不住浓重夜色，依偎在父亲的怀里一会儿便睡着了，一只小小的脚顺势挂在我的右膝盖上。他咖啡色的软胶凉鞋鞋面上有个因毁损而被抹去大半身的卡通战士图案，乍看之下，战士仿若于咖啡色薄雾中隐现，手中的武器没懈怠，仍旧防卫着。

“各位旅客您好，CZ3308广州飞往南宁的班机即将抵达。”

机场广播再起，一阵骚动迅速取代了持久的宁静状态。久候的人们和躺在一旁的行李如获新生，个个弹跳起来，充满活力地纷纷往登机门移动。

“班机延误对旅客们造成的不便，CZ航空公司向您致上最高歉意。”

我狐疑地听完整段广播，总觉得还会有后续的发展；但没有了，停机坪上果然开始热闹了起来。我伸展筋骨准备起身，几乎同时，原来横挂在我膝盖上的小脚丫被拎了起来，邻座的爸爸正一手抓起行李，一手抱起仍旧熟睡的小男孩，抖擞数下，往队伍走去。爸爸怀里的小男孩露出的双脚——小小的脚，小小的咖啡色的鞋，小小的战士被呵护着——不用落地，很幸福。

我跟着往前走去。

默剧突袭

十几个小时之后，我站在一座赤色矿山上，十尺长的蓝布半捆在身上，偶发的狂风如果愿意，可以轻易将我卷下五层楼的高度，碎尸在崩落的矿石堆中。近中午的太阳已把我的神魂晒到几近蒸发，历经了凌晨抵达南

宁时寻宿的波折和今早转车至大化的长时间颠簸，体内俨然积攒出一包劳顿的火炮，随时会被正午的烈日引爆——我仿佛不断看见自己从矿山上笔直坠落的画面。位于广西壮族自治区首府南宁西北边、大化县城边陲的这座山中小村，虽有来自山边的劲风吹拂，但仍没能逃过8月的酷热。烈日盯梢，广西喀斯特地貌造成的“九分石头一分土”的贫瘠感，在这座瑶族村落，广西壮族自治区里的瑶族社群——“少数民族中的少数民族”里尤其明显。

风不时地挑衅着，烈日直射，我无法再优雅地站着像个雕像般地等待，脸上的默剧白妆遇热已经开始融化，再不想办法，只怕会更狼狈。索性趴下来，先减小风阻，然后抓上蓝布一端盖着身体，暂避艳阳，让剩余的蓝布顺着矿山垂降，任其在风里摆荡；像是长发公主俯卧城堡的窗台，我等待着王子前来解救。

从蓝布下，我终于窥见沿着田边小路行进的一列由身穿醒目橘色T恤的台湾志工团队，以及拿着相机东张西望的LW爱心家园的小朋友们组成的队伍。志工团队早我一个星期抵达，在一名专业摄影师的带领及大学生义工的辅助下，已经开始在爱心家园进行了几天的艺术营队课程。今天，是学生外出拍摄的日子，为了让隔天才开始的默剧课先暖身，我跟团队负责人商量，抵达时迅速勘了一下景，便决定直接在户外来一次突袭性的默剧即兴表演，也充当小朋友们的外拍模特儿。很快，队伍已经来到矿山之下，手里拿着募集而来的阳春相机（简易相机）的男孩女孩，好奇地从镜头里打探着这个他们再熟悉不过的环境。一个女孩抬头注意到了矿山上的蓝布，蓝布下有动静。

“上面有眼睛！”她大喊，声音传至山头。

其他孩子循着女孩手指的方向探头，发现目标后便纷纷拿起相机一阵狂拍。演出开始，我从容地从矿石上立起，明星的姿态。那缕蓝布在我手中一会儿如蛇皮裹身，一会儿变成衣裳，然后又随兴地变成孕妇的肚子、怀里的婴儿、飞扬的花朵，直到我终究因为专注力及体力过度耗损而大意，失足往后跌落，连尖叫都来不及便戏剧性地消失于那方寸舞台。所幸，后方一垛石堆很快就挡住了我向下滑的力道，石堆下方一片骨干强韧的小树丛顺势承接起摔成怪异姿势的我。大难不死，我惊恐地瞪眼望着天空，意识到死亡擦身的恐惧。

忍痛整理好自己，又花了二十几分钟拐着些许扭伤的脚，穿越一人高的杂草堆爬下山，以一张已经被刮花的默剧脸孔出现在孩子们的面前时，快门声再起。卖命的演出激起了这群山村小孩的好奇与兴趣。透过黑、白、红油彩构筑起的脸谱，我努力展开笑容。

矿山旁的默剧课

默剧课程分配在每天上午的三个小时，在校园唯一可以实行大班活动的水泥空地进行。两年前（2010年），通过台湾一名社会公益家及大陆当地爱心人士的赞助，原本简陋的校舍规模渐具，新铺就的水泥地则提供了老师跟孩子们更多可利用的空间。

第一天，当这群第一次接触专业表演训练的孩子在我面前一字排开时，我终于有机会好好看看他们：瘦弱的身型、骨碌的双眼、混着脏污的咖啡色皮肤，有的孩子脸上、脖子跟臂膀都留有被隐翅虫肆虐过后的烂肉与白色药膏混合不清的伤口。他们身上的衣裤，许多颜色跟图案都已经掉了，几处经年的破洞，也早非层层补丁可以解决得了。脚上踩的许多尺寸不合的鞋勉强（或许已成习惯）在水泥地上踩踏，整个脚掌随着肢体的摆动前前后后吐吐缩缩，好不大方。走廊下，两名学龄前的孩童就地坐着，挂着长长的鼻涕，充满好奇地看着我用动作解释什么是肢体默剧（听都没听过的字眼）。

OK
277691566/186

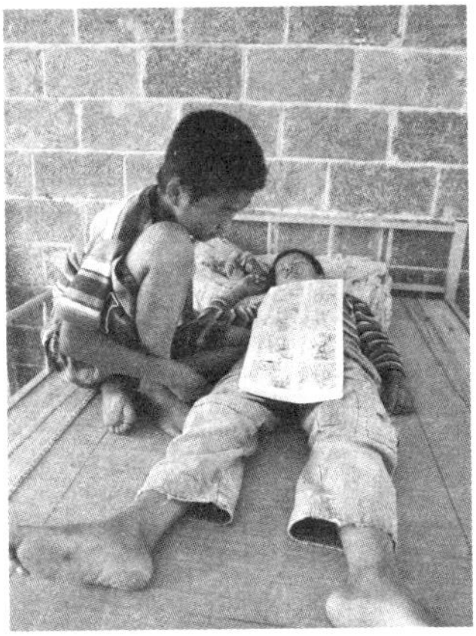

肢体默剧的重心在于力道的运用，我一边解释着，一边在空间中画出默剧里拿水杯时手指、手掌、手臂，甚至整个身体的力量打出的线条。“哇，好像武功哟！”小孩们开始七嘴八舌地讨论起来。这个基本的水杯示范总是可以简单又清楚地传达肢体默剧的精髓。默剧中身体力道的运用，某种程度上的确像武功，举重若轻、柔中带刚。孩子们等不及我说开始，就已经以各自的方式在空间中抓起了水杯。在力道与线条上，几个领悟力强的孩子动作已具雏形。刹那间，操场既像是摆满了隐形杯架及水杯的厅堂，又像一个练功场。有的孩子开始设计不同尺寸、不同重量的水杯，彼此玩了起来，想象力开始迸发。

“姚老师！你看翔平用机械舞拿杯子！”

我的视线顺着说话的同学手指的方向，看见队伍尽头一名动作暂停的满脸尴尬的男孩。

蒙翔平，六十二号，男，十四岁，四年级，单亲。

蒙氏二宝

大山里的家庭经济条件不好，许多孩子即便到了适学年龄，仍会留在家里帮忙干活。爱心家园收留了许多家境清苦或是失去依靠的孩子，也提供了学龄前及小学一到四年级的正规教育。被送来的孩子入学晚，十四岁仍在念小学的情况相当常见。我看着这个个头矮小的男孩，学校的戚老师在我旁边补充说明，翔平的机械舞是自学的。

“来吧！翔平！让我看看你的机械舞！”

挡不住众人的吆喝，翔平站了出来，没有音乐，没有节拍，矮小的身躯很快便丢掉了尴尬，开始在空间中舞出一道道身体的线条，震、抖、滑、甩，不尽然是我们认知的机械舞，动作也稍显粗糙，但他舞步里展现出一种难得的劲道及认真专注的态度，彻底吸住了我的眼球。

“任何情况下，‘faxing’最重要！”

表演结束后众人的掌声稍停，一句话冷不防地从翔平身旁另一名男孩口中说出，细细的声线带着一种刻意而怪异的语调，迅速抢走了焦点。虽然不确定那疑似关键的两个字是什么，但从他的动作，可以猜出七八分。这个身材相较之下显得清瘦的男孩左手正叉着腰，三七步，头微仰，另一只手的指头不断拨弄着他掉在前额的那撮略带黄色的头发。自在的神情，又不像是要跟刚才才接受完大家掌声的同学较劲，更像是一种不经意流露出的、自己认证的帅气。他的整套动作（让我联想到楚留香）跟语调（模仿周星驰）实在太具喜感。我笑了出来。

“你刚说什么？”我走过去。

“任何情况下，‘faxing’最重要！”整套动作又重复了一遍。楚留香与周星驰综合版无误。

看着男孩扁塌的头发：由学校义工老师（或同学）操刀剪出的崎岖“发型”，额头上不时掉出一小截摆动不定的刘海儿。“faxing啊！”我挤着眼看着他，学他的音调重复了一遍。

“你叫什么名字啊？”

“我叫Méng Guìsāng。”他刻意压扁嗓子磨出了自己的名字。

“sāng？好怪的发音哟。刚才那两句话哪里学来的啊，Guìsāng？”家园的戚老师及时在我旁边补上了孩子的名字（贵山，Guìshān），但他似乎也对小鬼头突如其来摆出的动作感到不解。

家园的孩子们休闲活动多半是看书、画画或在操场上进行一些他们自编的游戏。几名从外地来的义工老师，则偶尔会播放电影给孩子们看。我想，贵山的动作，八成就是从哪一部电影里模仿下来的。平常的他，在老师眼里，性格文静。谁也没想到，在这校园有史以来第一次的戏剧课上，就从这个突然蹦出来的搞笑动作开始，贵山被隐蔽住的表演欲望终于破土而出。是的，他一发不可收拾。接下来的几天，不管在课堂上、饭桌前、散步的田间小路，还是某个聊天的空当，贵山都会不厌其烦地把“发型最重要”整套动作潇洒地置入，我私下称呼他“楚留山”。

为了配合摄影课程的设计，每天上午三小时的默剧课结束，孩子们在用过午饭及一小时的休息之后，便会启程前往摄影师选定的几个场域进行分组练习。这天，我们走了约莫一小时到一处已经关闭的矿场。大化县位于红水河中段，其实绿色的红水河只有在洪汛期，才会因上游挟带下的红土转变成如血的颜色。而以奇山峻岩闻名的喀斯特地貌，则让矿业及农林产业成为当地重要的经济来源。我们所在的村子里有几处矿场，曾热闹一时，但因为矿灾频发而造成了不少矿工伤亡事故，近几年，当地政府进行安全整顿，几处矿场都因此关闭或呈现停工状态。

沿着红水河前进，我的身后，一个孩子正在向义工姐姐说起他的谁谁谁死在那座我们刚经过的矿场里的事。我回过头，孩子稚嫩的脸上有一种时过境迁的平静：难以置信的平静，仿佛说的是别人的故事。

抵达目的地时，我们将孩子们分为两组：绝大部分拿着相机的同学为摄影组，而表演组则是我选出来的男女各半的八名学生，他们准备将早上默剧课的内容统合，做初次的户外表演练习。几名大学生义工和我在替四个自愿先化妆的女孩上默剧的油彩时，活动达到了第一波高潮。笔刷及油彩的触感上了脸蛋，女孩子们一边笑一边吐出一连串我们听不懂的瑶族话，而旁边看好戏的同学更是笑个不停。

“姚老师，你帮我画美丽一点啊！”天生轮廓美丽的妮妮用着似乎已经有点使用过度而沙哑了的声音交代我时，我正在帮她涂上浓浓的黑眼圈。妮妮，我不确定默剧的妆符不符合你所期待的美丽，但我尽量让这两朵黑眼圈圆满一点。

“姚老师，这口红颜色好漂亮啊，涂起来一定很好看！”妮妮看着我手里换上的唇膏，眼中的光亮，不小心泄露出这个其实正值青春期的女孩子心里面那幅正在构筑的浪漫自画像。

战战兢兢地画完了妮妮，我有点担心她的浪漫幻想被我毁了。正犹豫要不要给她镜子时，姑娘已径自从我敞开的袋子里拿了出来。

“真是太好看啰！”我还没反应过来，小妮子已揽镜自照，沉进了一个美丽新世界（但我想她的重点是那烈焰红唇）。

“下一个。”有了妮妮的背书，我看着等候已久的贵山，顿时有了很强的信心。

贵山是个天生的演员。天生，从化妆时他直接的反射性动作就可以得知。孩子化妆最怕眼睛跟嘴唇部分，但这完全难不倒贵山。笔刷轻碰到上眼皮，他知道闭眼然后把眼皮撑高，方便我涂上油彩；帮他涂口红，他会自动嘟唇、瘪嘴，然后叮咛我："姚老师，要顺着唇形画哟！"我不知道在家园这个没有太多外界信息（更遑论"美容"新知）进入的地方，贵山是如何得知"唇形"这种词语的。贵山爱读书，休息时间不是拿着一本《三国志》的漫画，就是拿着一本其他的书在看，但我实在没想到他老兄涉猎如此广泛——唇形！

"姚老师，你有纸吗？"他向我要了一张面巾纸，转身，神神秘秘地。

禁不住好奇，我侧身窥探他在变什么戏法。天！这小孩用纸抿了一下唇，然后张开嘴试图用纸将他门牙上可能不小心沾到的唇膏擦去。动作完毕，他优雅地转过身，将纸顺势放到我的掌心，云淡风轻，一镜到底，星样十足。

迷宫里的楚留香

八个人陆续上完妆后，我们让包括贵山跟翔平在内的四个男生先上场。表演内容：迷宫。画了脸的小演员们在沙石地上，以身后几座尚未被开采的矿山为背景，开始用默剧动作建构他们的迷宫。一堵一堵隐形的墙面随着四个演员的手势在空地上被画了出来。他们受困，试图逃脱；他们爬墙，挖洞，撞击；他们相遇，微笑，哭泣，一边逃脱又一边建造更多的墙面困住自己。有人合作，有人离开，有人继续留着。留着的是翔平跟贵山，他们还在尝试其他的可能。

我发现自己被孩子们的一举一动牵引着。旁边的观众，拍照的偶尔停下来，义工跟学校的老师们则和我一样聚精会神地观赏着。翔平跟贵山两个人表现出的特质完全不同：翔平维持着昨天跳机械舞时的劲道，表情笃定，而这两天肢体默剧的教学则更精确了他的动作，他现在手、脚，甚至整个身体线条的变换及摆动都更细致了点；贵山走的则是小丑默剧的风格。有了粗浅的训练，他已经抓到些许要领，并且自己发展出许多夸张的动作跟情节，尤其能戳中观众的笑点。比如，他突然走近，对着大家面前的一道隐形墙面，旁若无人地作势脱了裤子就上起大号来（是的，迷宫里也会有内急的情况。面对我后来的质问，他是这样为自己解套的）。但贵山一系列的动作里，每个步骤巨细靡遗，表情生动到位，引得空旷的矿场时常爆出观众的笑声。小子见众人反应热烈，自鸣得意，紧接着将左手叉入腰际，右手扬起，啧啧，我知道这位老兄要干吗了。蒙大侠的招牌动作出炉——蹲厕版的“任何情况下，发型最重要”。然后，他可能害怕因为只有动作大家认不出来，接连拨了七八下头上那撮其实不算太丰厚的头发。

“蒙，贵，山！你那套把戏，我看腻了！换点新的！”我实在忍不住对他咆哮了一下，好气又好笑。

男生的演出获得了极佳的回响。家园的负责人班老师一个箭步就跑来跟我说，姚老师，谢谢你，发掘了这群孩子的表演天分。

平常在男生群中常被忽略的贵山，尤其让老师们感到惊讶。因为体型瘦弱，家园里面很多搬重物或电工的体力劳动都没他的份儿。我想，他埋首《三国志》里也不是没有原因的。戚老师，来自北京的常驻义工老师，眉开眼笑地来到我身边：“贵山真是太有才了！没想到他那么搞笑！姚老师，你收贵山为徒吧！”望向那还沉浸在掌声之中而且脸上仍旧保持完美彩妆的贵山，坦白说，我看到了几分年轻时的自己：那个在别人掌声之中才有自信，借由搞笑来掩饰尴尬的自己。但往事不堪回首，我希望，贵山不是我。

下午4点，随着天光渐收，整片矿场渗出了一种诡异的红铜色调。摄影师显得焦躁，孩子们手上拿着的阳春相机势必没法驾驭光线不足的情况。

我心里有底：相较起来，四名女生对于表演的态度多半是出于好奇，她们对于化妆的兴奋可能更胜于表演。看着女孩们脸上的油彩因为等待时间过长开始花了，我决定速战速决，选了平地上一处约莫两人高的矿石当作女孩们的背景。那嵌着数道刻痕的土黄巨石，就像一座雕刻未完的大型作品，不明原因地被丢弃在这里。临场，我给了女孩们一个简单的指令：四个人可以做任何想到的动作，但无论如何都不能离开这块石头，当然，也不能讲话。

站立在石块前，女孩们突然察觉到自己将要在大家面前表演，开始不知所措地彼此推诿起来。四个瘦长的身躯在巨石旁扭捏嬉笑，一旁，老师们有点急了，摄影师应该也急了，而我更不用说，看着迅速转暗的天空跟持续嬉闹的女孩们，一股急躁冲上心头。

但我克制住任何举动，继续等着。女孩们似乎察觉到周遭气氛的僵滞，逐渐停下了嬉闹。我继续等着。她们之中，有人用手在空气中抓了一个杯子。是姗姗！其他三个人竟也开始默默地跟进，模仿起姗姗的动作。然后，四个女孩陆续将身体贴向后方的石头，开始进入表演状态。

她们喝水，拿壶，倒满水，再喝；有人呛到，有人将水泼到对方身上，有人提起了地上的水桶……

我走过去，决定介入指导。

“水杯变成水桶，很好！它的重量怎么样？一个人提得起吗？还是需要两个？全部？水桶里有什么？不急，慢慢来。”

妮妮拿起了水桶中的抹布，拧了一下，开始擦拭起身边隐形的家具。

几台相机的闪光灯陆续打开了，噼里啪啦地闪着。

眼前，一幅“沙画”缓慢成形，画里浮现四个女孩美丽的身影。她们刻意缓慢地翻着书页，然后，有个拿起了铲子，有个试图爬上石头，有个则消失在巨石替代的墙面之后，再出来时，怀里多了个婴儿。我凝神屏气，欣赏着这一幕。女孩们找到了表演的趣味，开始玩着彼此相黏、分开、拼贴、拉扯的游戏；同时，仍试图将方才可能只是拂掠而过的几个动作重新演练一遍。抱着婴儿的女孩再度消失于石墙后面，再出现时，婴儿已不见踪影。我正想探头往石墙后方望去，但突然间，女孩转为一种老妇的姿态，离开了原本一直黏着的石墙，往前走，隔绝开了另外三位的表演空间。

接着，出乎意料，她弯下身，竟然慢慢地趴倒在沙石地上。几台没电的相机退出了闪光的行列。我深呼吸，静静等着故事的发展，只见第二个、第三个女孩也离开了石墙，加入了第一个女孩的行列。她们几乎不假思索，没有多余戏份儿，缓缓地就这么一个趴伏在另一个身上，直到

最后，三个女孩堆叠出一座诡异的塔，映着身后那座土黄巨石，以及逐渐消失的天光，仿佛被谁遗弃在这片荒土之上。唯一站着的女孩，只是观望。

我红了眼眶。

是“宿命”吗？如果要给女孩们的演出一个名称。

幸福的夜路？

步出矿场时，天已漆黑。几名义工拿起手机充当光源，照着回爱心家园的路。画着脸的男孩们趁黑沿路扮鬼吓人，高分贝的号叫声不时传来。女孩们虽已卸掉了大部分的妆，却都一致地独留口红不愿卸去。她们说，这样很漂亮。那鲜红的唇膏，暂时点缀了她们对青春的向往。

没有路灯照明的夜路难行，孩子们的笑语却成了清楚的标志，拼接出长长的一条音轨让彼此依循。“姚老师！”男孩的声音出现在我身边。低头，翔平那张白色的小脸对着我，黑色的眼圈比黑夜还黑，红色的唇则岔出了几条分支。“我好喜欢默剧！”他突然以一种甚为坚定的语气仰着头对我说。

“嗯。”我为自己脱口而出的冷漠回应感到诧异。翔平走在我身边，似乎没有听出什么不对劲，只是不断比画着动作，举手投足都似乎要得到我的认可。他说喜欢的是默剧，但为何我刚从他的神情里读到了其他多余的情感依附？是我想得太多？

右侧，那座开垦未竟的矿山在黑暗中隐隐约约，有多少丧生在矿灾之中的灵魂正看着我们？小小的翔平必须刻意压抑住雀跃的步伐，才能与我同行。然后，我的左手掌突然多了一分温度与重量。我瞪大眼睛响应翔平，一种强烈的不适感接着贯穿了我整个身体。翔平的手，牵起了对默剧的爱好，也牵起了我内心潜在的恐惧。我想要逃离。夜黑，热情的男孩看不见我的仓皇与尴尬，但我却清清楚楚地在他的脸上读到了一种幸福感。夜，不够黑。

望着前方，一股沉重的疲倦感袭来，回家园的路还有多漫长？如果不怕伤害孩子的话，我会甩开拉着我的这只小手。如果够残忍的话，我会迅速离开。

有些关，我想，依旧没有过去。

黄黄的，我的头发，不好看

教室里，贵山对着镜子，头偏过来、侧过去，就是看不出个所以然。我暗自期许不是这三天上妆演出的体验强化了他的爱美天性。试探地问：“怎么样？你的发型？”

（fǎ，学他加重发三声）

“姚老师，为什么我的头发这么黄啊？”

不对，语气不像是在耍宝。

“黄黄的，我的头发，不好看。”他加重了语气。

昔日被列为“广西深度贫困县”之一的大化瑶族自治县，尽管近几年试图翻身，不断开发与建设，但位于边陲山村里的人民，生活情况似乎仍有改善的空间。爱心家园的经营及维持不易，来自外界的援助是它生存的重要依靠。学生每年的保险费用、课本文具、衣裤鞋子、生活用品、每日食用的大米，甚至升上中学的几名学生的生活补助等等，都需通过募集得到。家园虽然有自耕农作，喂养猪、鸡，但收入对于拥有近百名儿童的家园来说，只是杯水车薪。

每日吃饭时，课桌椅充当的餐桌上，一定有一大桶容易饱食的米饭、一大桶菜汤（喝汤也易饱），而偶有的碎肉及肥肉，则成为孩子们碗里的宝，让饭变得格外美味，吃得连眼睛都会笑。这样的条件下，的确，吃饱最重要，至于营养均衡、食物的多样性则是无法顾及的选项。在家园里，像贵山一样十三四岁还在就读小学四年级的孩子为数不少；不说年纪，光看外貌及身型，很难想象他们其实都已经是正值发育期的少男少女。

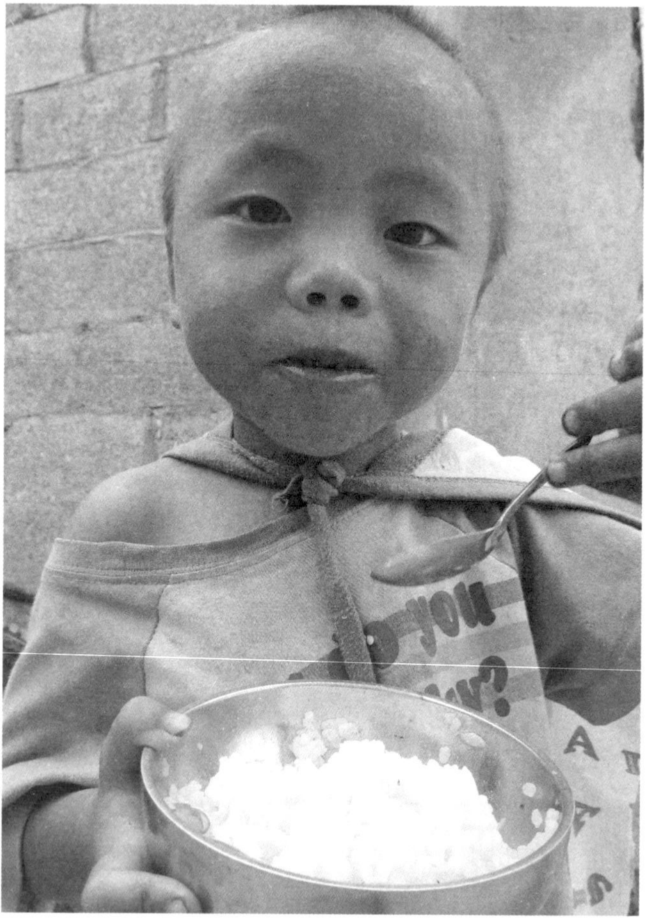
YOU

贵山的黄头发，不是特例。在食物营养失衡，尤其是蛋白质缺乏的情况下，黄棕色的头发成了大多数孩子的特征。看着在我面前拿着镜子对自己充满疑惑的贵山，我实在不知该如何回应。你要多吃点饭？不要偏食？还是直接跟他说明事实（你营养不良，你们都一样）？

“我觉得黄黄的头发很好看啊，贵山。”

“哪有？不好看的！”

“哎哟！不错了啦！你还有发型可以变化，你看我连头发都没有！”我摸了一圈自己的三分头，用干笑掩饰无以为继的回复。

我不确定是否听到贵山轻叹了一声，但他放下了镜子，没有对我的话做出任何回应。他接着伸了个懒腰，二话不说径自跑回座位，拿起那本已经翻烂的《三国志》图画书，低着头静静地读了起来。略微泛黄的头发又扎了我心口一下。

课程最后一天，大伙已经疲态俱露。事实上，连续五天，早上三小时在操场上进行默剧课，整个下午又配合摄影课程加入表演外拍的需求，不只是我们这群都市来的大人，山里的小朋友们在体力上也开始产生负荷，上课开始分神，动作也变得敷衍。每年暑假，家园的小朋友会迎接一批批从各地来的大学生义工团队，每个团队（多为服务性社团）停留的时间不一，带来的活动则多半具课辅性质，以配合家园内学生常规的学习课程。这次，带团的摄影师立意良好，希望以两个星期专业的艺术课程，带给小朋友们不一样的体验。

默剧课的最后一天，天空万里无云，太阳显得格外毒辣。我刻意缩短了早上的课程，让小朋友们，也让自己跟帮忙的大学生义工们可以喘息一下。下午，摄影师要带队到附近林场进行最后一次的表演及外拍练习。每周，班老师会带着学生们到林场捡拾木柴，当作家园每日烹煮食物的柴火。

午觉过后，我让小朋友们先在教室化妆，以免等会儿到了林场在太阳的暴晒下耗费无谓的时间。学生们还睡眼惺忪，就被催促着做外出准备。翔平在午睡时间，早就已经要求我帮他化好了妆，现在正在外面暖身；我则忙着寻找贵山的身影。这几天，贵山跟翔平俨然成了家园官方指定的演出者，连续几天外拍的演出都有他们，尤其是有了小丑贵山，就保证逗得大家呵呵笑。最后，义工们在教室的长板凳上找到了横躺着休息的贵山（身宽和板凳宽相合无间）。折腾许久，他才愿意坐到我的面前。我用湿纸巾帮他擦了一下脸，开始化妆。为了抢光拍照，摄影师反复进教室询问我什么时候可以出发。但看着笔刷下的孩子，黑色油彩画成的两团眼圈好像把他拖进更浓的睡意里，我突然很不忍心。

“姚老师，我头好痛。”在补上最后的口红时，贵山皱着眉头开口说话。

“怎么啦？”

“我头好痛。”他语气薄弱，作势倒回板凳上。

怕是中暑了。连续几天在操场、矿场、稻田间顶着烈日密集地活动，而画在脸上的油彩堵住了毛孔，对于不习惯的孩子们来说很不好受；尤其，在烈日下表演，如果水分补充不足，很容易中暑。我们第一次尝试这样合并式的密集艺术课程，一头热的情况下，很多疏忽当下并没有察觉。而山里的孩子们也因为首次接触这样的活动，即便身体上有一点点的不适，也很容易被兴奋的情绪所掩盖。

教室里只剩下我跟贵山，其余的同学正在外面整队。摄影师再度进来探视，我问是否能再晚一点出发，已显不耐烦的摄影师只冷冷地回了句“那他不要去好了”。

歹戏拖棚

我想，不去也好，这几天也累着贵山了，何况他现在还有中暑的迹象。然而，摄影师那句突如其来的话成了一种威胁，刺激了贵山。我见他立即坐直了身子，透过黑眼圈看着我。

“姚老师，我想要化不一样的妆。”

“啊？为什么？你还想去吗？”我对他过度跳跃的思维感到讶异。

贵山没回答。我不确定他心里在想什么。

连续几天，几个对默剧格外有兴趣的孩子利用课余之暇，会比拼当天学到的动作。校园里不时出现许多被塑造出的隐形对象。而看到谁做了一个什么动作，认真的翔平一定马上挑战，但反观贵山，通常都只是观望。我不确定他是因为被摄影老师的话刺激到了还是怎么样，他只是拿起我的镜子照了照自己的脸。

我跑出去跟摄影师商量了一会儿，回到教室又问了贵山一次：“你想去吗？身体不舒服，不去没有关系。”他点点头，然后又说了一次：“我想要有点不一样的东西。”于是，我拿起画笔，在他嘴巴旁边点了个偌大的三八痣。

尽管看起来身体不太舒服，贵山还是没忘记检查自己的妆容。我们接着走出教室，跟上队伍向山上的林场出发。

一路上，同样上了妆的翔平充满活力并且自得其乐地

边走边演。他一下子躲在草丛里扮演一朵花，一下子站上泥土丘扮演一条蛇，从举手投足间动作的纯熟看得出他这几日自己下的苦功。

攀爬至林场一处视野开阔的空地后，大伙停了下来。坡度陡峭的林场是当地居民的经济来源之一。砍伐下的木头被一车一车地往山下运送，不但加工成家具，树皮更可用来当作制作纱纸的原料，经济效益颇高。为了符合摄影师追求的效率，我们决定重演第一天在矿场上呈现的主题：迷宫。

翔平及贵山众望所归地成为仅有的两个男生表演者。在选定了一段斜坡当作舞台后，两人登场。贵山在高处，翔平在低处。午后，蓝天白云映着满是落叶枯枝的黄土坡，坡上两个画着白色脸谱的小演员在洒落的阳光下，画面张力十足。场边，几台先行偷跑的相机已经情不自禁地拍摄起来。

表演开始。翔平跟贵山果真不负所望，使出浑身解数地尝试把几天来学到的默剧技巧应用在自己即兴发展的情节中。迷宫里于是出现圆的、凹的、厚的、薄的，甚至不同材质的墙面，以及各式各样可以击破墙面逃脱的工具。翔平每换一次工具，身体的线条跟力道的使用也会跟着巧妙地转变，而身体状况看似好转的贵山也不遑多让。虽然在肢体的力度与线条上，贵山不似翔平那样利落，但他丰富的想象力及喜感，却让迷宫成了一个有趣的生活空间：可以在里面吃东西、打瞌睡、看书，甚至也可以从半空中抓起一条绳子，或爬，或荡，或绑在自己身上，在迷宫中畅行无阻。当然，一些比较难登大雅之堂的动作，如上大号、挖鼻孔，这位贵山兄也无一挂漏。短短不到十分钟，场上两个演员尽力抛出自己所有的可能；舞台上，一重一轻，一严肃一滑稽，两种完全不同的表演质感各据一方。

其实，光看贵山跟翔平这几天来的努力，我已经相当满意了。但，对这两个具有表演天分的孩子来说，我当下希望看到的反而是他们在第一天矿场表演时那种与彼此玩耍的、探索式的互动。太过于表现自我的两个人，忽略了舞台上彼此的存在；而显然，观众在看完他们各自耍了一套精彩戏法，竟然又重复一样的东西时，也开始失去了注意力。斜坡的限制明显很快就耗费了贵山跟翔平的体力，几分钟后，演出节奏急转直下，他们的动作开始敷衍。

这很自然，毕竟两个人并非专业演员，接触默剧的时间也只不过区区五天而已。其实，他们做到的，已经超出我的预期太多，但是，我决定再等待一下。

贵山跟翔平两人继续挣扎了好几分钟而表演仍不见起色。这时，担任团队负责人的摄影师一句冰冷的话穿入我耳中，我不敢置信地回了他一眼白，顿时怒火中烧。

“歹戏拖棚。”他说。

对这趟艺术课程之旅，我突然充满了质疑。可能是被摄影师的话刺激到了，我走上前去。

“贵山，翔平，你们两个如果在迷宫里相遇了呢？”我给了第一个提示。

“很好！”两个男孩终于很快地就找到了彼此。“那再试试看，把对方的身体，当作一个你可以使用的工具，帮助你逃出迷宫。”

摄影师已经转身背对舞台，拿着他的专业相机，开始拍摄起远处的风景；舞台上，则还有两个人在努力着。

他们背靠背，互相给予重量，又彼此拉扯。

他们拔河，隐形的绳子断了，没有输赢。

贵山翻了个筋斗躲入枯枝堆中，翔平翻了个筋斗尾随在后。

他们如对镜，相视。

就这样，没有更多的发展，甚至没有明确的收尾，两个人陆续坐了下来，气喘吁吁。戏结束了。

我给予了最热烈的掌声。

艺术可以改变什么？

晚饭后，大部分同学都到操场上打球、做运动了。我坐在走廊上看着他们，也试图问自己这一个星期来，给了这群孩子什么？他们真的需要艺术吗？默剧又可以改变什么？艺术进入偏乡，真正的意义到底是什么？是让偏远地区的孩童接触艺术，还是以此之名成就艺术家自己？摄影师那句“歹戏拖棚”刺在我的胸口，让我很不舒服。难道，他的镜头下不能够有不完美的表演与疲倦的真实记录吗？而他自己的眼睛里，难道看不到孩子在这个过程中努力的可贵吗？

几米远的地方，翔平正在借着一条隐形绳索，把自己一步一步地拉送到我面前。他脸上还是不肯卸掉的默剧白妆已经走样了。我起身，拉起绳索另一端，跟他玩了起来。明天，我将离开这里。原本承诺摄影师续留一天，但我觉得没有必要了。

听说，每一次义工团队离开时，孩子们都要抱着义工们，哭着不让他们走。孩子小小年纪，经历过家庭里的生离死别，每年暑假还要接受一次次这样戏剧化的道别，真是折磨。团队还会继续在这里待几天，但我害怕一个人承受这样的场面，所以事先离开的消息，只是匆促地告诉了

家园的老师，并叮咛他们不要告诉小朋友。

临走前，我却想跟贵山说说话。家园的老师们不止一次地告诉我，这个礼拜他们看到的贵山跟过去都不一样：“特别开心，特别有自信，整个人发亮。”他们说，姚老师啊，如果你可以常常来的话，让贵山跟着你学，当你的徒弟，那真的是他的福气。

我不确定是谁的福气；其实，我也不确定，表演是不是最适合贵山的路。一天下午，我们走在去往水稻田的路上，我问贵山：“有没有想过以后想做什么？”

“我想当科学家。”他回答得很坚定。

“科学家啊？为什么？”

“因为可以帮助很多人。”

“可是，要当科学家，你的功课可能要好一点哟，看的书要够多。哎，你考试成绩怎么样啊？”

“不太好。”

“那加油吧。”

“如果科学家当不了的话，那我就当默剧演员好了。”他不假思索地这么回应。

我没好气地说：“大哥，你也太快放弃了。”但没说出口的是，贵山啊，默剧演员能不当就不当吧。因为，在你旁边的这位，连来一趟广西的花费都还是事先跟朋友东凑西借的，自顾不暇。贵山的确有惊人的表演天分，但他的年纪还小，就算不当科学家，在演员的选项之前，还有很多发展的可能。一切都过早论定，但也许，日后，我们可以给予他可能的辅助。

接我们回旅馆的出租车应该快来了，我必须跟贵山说到话。我刻意松掉手中的隐形绳子，翔平的反应极快，马上作势跌了出去。我过去扶起他，给他一个鬼脸，接着，用默剧的夸张手势挥手向翔平说再见。好徒弟！我心里这么想。

贵山在教室里画着画。我走到他身旁，突然不知道该说什么好。贵山抬起头看了我一眼，又继续回到画里，也没说话。

我轻轻地离开他，转向同在教室里的班老师与戚老师，小声地跟他们告别，怕贵山听到。

“尚德，车子来了！”义工们告知。我走出教室，拿了行李，跟义工们一起走出大门。操场上的小朋友很可爱地拉着我们的手，喊着：“哥哥姐姐，明天见！”但，明天不见的，只有我。

不知情的小朋友继续送我们出大门；突然间，我的腰被一双小小的手臂从后面勒得死紧，紧得我需要费好大的劲，才能看见身后的小毛头是谁。

戚老师不忍心，把我要离开的事实告诉了贵山。贵山一听冲了出来，就这么紧紧地抱着我。但是，他这突如其来的举动，却让我完全不知所措。我下意识地试图拉开贵山的手，但他却把脸埋得更深。戚老师在一旁也慌了，不断跟贵山说：“贵山，姚老师会再回来的。”我也慌了，对着看不到脸的贵山说：“贵山，我明天会再来。”当然，那是个情急之下产生的卑劣谎言。贵山当然不相信，弱小的身躯竟然还有力量把我勒得更紧，紧到我甚至以为他是刻意开玩笑，直到一名义工用手向我示意：贵山在哭。

蒙贵山，三十五号，男，十三岁，四年级，父母双亡。

坐在飞回台湾的班机上，我不断责怪自己。那天，在矿场回家园的夜路上，翔平牵着我的手我不忍甩掉；但在离开家园时，我最终还是硬生生地拨开了贵山的臂膀，几乎以逃跑的方式跳到车上，让车子载着我离开，头也不回。

明天，明天我要打个电话回家园，了解一下状况。我要跟翔平说说话，然后，跟贵山说，对不起。

希望他一切无恙。

3 / 归零——巴黎岁月

我感到非常非常孤独，并且应该
与什么一样，本能地相互寻找
碰触彼此的忧伤、彼此的光亮
然后拥有更多的快乐
完整的黑暗

轻轻顶住，我以及我的光
那生殖的气味
正在相互激荡呼喊

——凌性杰《有信仰的人 · 萤火虫之梦》

这间位于巴黎西南近郊布洛涅-比扬古（Boulogne-Billancourt）的三十平方米大的改良式用人房（chambre de bonne），是雅慧和我参观了几间恐怖的租屋后遇到的宝。房间虽然位于无电梯的公寓的五楼，格局也小，但该有的设备：浴缸、小厨房、洗衣机，以及克里克莱（clic-clac）的两用沙发床、电暖器、书桌、置物柜应有尽有。用人房，顾名思义，用人住的。这19世纪巴黎城内中产阶级式的建筑格局，将当时主人与用人的生活空间阶级化地区隔开来——当用人们在卫生条件差劲的房间里对抗着鼠患及疾病时，刚卸下宴会华服的主人们早已在一晚余下的豪奢气味中进入梦乡。渐渐地，随着时代及社会需求的改变，用人房开始对外以廉价的租金成为许多底层劳工、贫穷的艺术家（普契尼笔下的波希米亚人还得燃烧自己的诗文取暖），以及穷学生的栖身之所。

穷留学生如我，2000年春天初到巴黎，先和雅慧挤在她那十六区的用人房里，每天对着*De Particulier A Particulier*租屋报里的信息一个一个电话打过去，房子一间一间看过。那两个星期，我们在巴黎城内穿梭，第一次出国的我面对这座突然从书本里跳出来的城市，那气味、阳光、石子路、一个个经过我身旁的人，陌生却又紧紧围绕着我，是无法以一个翻页的动作就合上的。突然，我意识到，啊，这将是我接下来生活的城市，另一种语言，另一种文化，也许另一种思维，没有美而美连锁汉堡店跟豆浆烧饼，一切即将从零开始。

清空的两个大行李箱塞进壁橱后，从台湾一路飞过来的衣服、棉被、书籍、杂物，以及更重要的大同电饭锅，终于为这异乡一个人的房间添上了温度。我打开天窗，踩上板凳，将上半身伸出窗外，倾斜的石瓦屋顶上甫降落的鸽子似乎把巴黎夏季的凉风从附近的布隆尼森林一并挟来，清新的气流从我身旁灌进阁楼里，下意识地，我踮起脚尖，也许就是那个时候，我的身体开始产生变化。

热心的雅慧在我巴黎第一年的坐标里，占了重要的位置。她陪我办完了语言学校、水电、居留等复杂的手续后，又马不停蹄地将我推介给她的巴黎友人。几个夜晚，身处在各式便宜的红酒、啤酒、奶酪的轮转中，塞纳-马恩河面上的城市倒影、吞吐的植物性烟雾及这群法国男女口中不断流泻出的我无法判读的柔美语言……我仿佛躺在一张名为巴黎的水床上，短短数日，不断被喂养各种实体的、概念的、精神性的食粮。“身在巴黎”，这四个字光是用嘴巴讲出来，都像是一种天籁！

“Fat Cat(肥猫)，不如你去找个语言交换(即语伴)！”

脸颊已明显被酒精醺红的雅慧叫着我旧日的绰号，不等我回应，她接着把所有可能的（当然也是她验证过的）交友渠道及优缺点、交友须知如唱诗般行云流水地念了一遍。

“Open your heart, open your mind（敞开心扉，打开心智）！”雅慧如此总结。

魔鬼贾克琳的骚莎课

“还有两个月，你的腿已经先去度假了吗？Sunteck，我说的是你！动起来！”

最终，还是被点了名！贾克琳老师笑容里夹带的凌厉目光锁在我身上已如世纪之久，我满头大汗，步伐跟头脑一样错乱，Salsa（骚莎，一种拉丁风格的舞蹈）音乐漫天作响，听起来跟噪音没两样。巴黎第三大学二十三号教室，此刻，是我一人的屠宰场。

从戏剧系二年级压迫式的课表（莎士比亚悲剧与哲学、戏剧与社会学、戏剧与美学）中逃脱出来，这安排在星期五下午的两小时舞蹈选修课本来应该是堂充满拉丁动感的舒压课程。事实上，对现在教室里除了我以外的那群来自各个科系、对舞蹈的热情与爱好早已写在基因里的男男女女而言，的确如此，抱怨的、被关注的、名字如铃铛般响个不停的只有我一个人：唯一一个亚洲面孔，一开始万绿丛中一点红般的我备受关爱，如今，全都走了样。

4月中的巴黎，一副春天后母脸，回暖不到一星期，气温又狂降。昨晚，从打工的餐厅离开，搭上最后一班回上塞尔吉（Cergy-Le-Haut）的火车，车子愈往偏远的西北郊区开，从车外渗进的寒风愈发令人难耐。果然，今早出门，巴黎过度怀旧，俨然回到寒冷的冬季，一片冷雾盖满整座城市。

二十三号教室里没有时钟，我害怕这堂课没人提醒的话会永久地上下去。必须要声明的是，Salsa舞步基本上不难，前两堂课我还十分活跃，屁股扭得极富拉丁感，只是没想到，加上旋转、双人舞及交换舞伴的部分，我就一连败下阵来，顾得了对方的手，就顾不了自己的脚，不是踩得舞伴叫疼，就是被自己绊倒，身体以“一种不适当的姿态亲吻地板”，如贾克琳老师所做的评论。

爱莲，我的女神，我的公主

选修这门课，也是因为法国同学兼好友爱莲的请求。爱莲于我有大恩。刚进三大就读，人生地不熟，我的法文程度又完全跟不上老师讲述的课程。整堂课笔记做下来，都是如狗啃般的只言片语，兜不成完整意思，录了音回去慢速播放听不懂，拿给邻居好心的大哥请他帮忙，因为内容专业艰深，他也似懂非懂；这时候，爱莲如女神般从水里浮现在我面前，许了我第一个愿望——课堂笔记。

我们是在游泳课认识的，教练是当时已露出魔鬼尾巴的贾克琳老师。游泳初阶第三堂课的进度：跳水！贾克琳老师只是简单交代几句跳水须知，竟然就要求我们一人站上一柱池边的跳台，然后，在我还在惊慌失措地计算跳台与池面的距离时，她口令一下，水面接着便泛起一道道水花与声响。法国人怎么回事？不是游泳初阶吗？现在场面有点尴尬：刚跳完水的同学纷纷浮出头从池子里望着我，贾克琳老师则不解地皱着眉头看着我（我则更不解地看着她），我这拥有丰腴且白皙身躯的、班上唯一的亚洲人，如一个山寨古董瓷器花瓶般被观者好奇的、也许带着讪笑的眼光把玩着，入水前，我应该先自我崩解。但贾克琳老师讲究效率，一声“闭气”，接着便在我背上劈下一掌。我的身体直面拍入水中，鼻孔、胸部像爆炸似的，痛得连过往人生片段都没能回放，池里却响起一片叫好声。一群看热闹的家伙。

魔鬼贾克琳从池边对着惊魂未定的我喊了句“没那么难吧！”，有种幸灾乐祸的感觉。忍着痛，我试图在三米深的池子里保持漂浮，就在此时，一颗头缓缓地游向我——爱莲现身。

“你好！”爱莲的头会说中文。

“你会说中文！”我很惊讶，脚没忘记在池里继续打着水。

“不好，只一点点。”爱莲的头害羞了起来，从泳帽里散出的一缕黑发在水中张开，收束，张开，收束。

“你……红。”爱莲的鼻子指着我如健康生猪肉般的粉色胸部。

“Jacqueline（贾克琳）疯了！竟然推我下来！”我下意识转回法文回应，流利的程度，自己都吓了一跳。

游泳课结束，长出身体及手脚的爱莲便与我走在一块儿。黑长卷发的她有着令人羡慕的淡绿色瞳孔、未脱稚气的白皙脸庞、掩盖不住的雀斑与眼神中流露出的机灵与聪明。若干年后，爱莲会拿下第三大学的戏剧及第九大学中国语文硕士学位，她会到台湾与我碰面，在高雄学一年豫剧，去北京学一年京剧，再回法国完成她的博士学位，我们的友谊将会继续。那天清晨的游泳课结束后，在我们一起走往地铁的路上，爱莲听了我在学习上遇到的困境，主动提议要将笔记借我。只是，隔天我拿到的笔记里充满了法国学生从小自行发展的如外星语言般的速记法，还

得麻烦爱莲送上一张解码表（th=theatre，ph=philosophie，△ =sur，c=c'est，诸如此类）才能一窥究竟；后来，爱莲干脆提议花两天时间帮我复习哲学课的期末考试。她说话时，头顶有光圈。

“没有你，我就不去上舞蹈课！”爱莲在下学期开放选课的第一天走到我面前，“这堂课一定要找到人配对才能选修。”爱莲如猫般的瞳孔正在催眠。“星期五我们都没课，一起去动一动吧！S'il te plaît——”最后那声法文的“拜托你”被她拉长得都快渗出蜜来。

“我没有骑士的带领该怎么办？”爱莲碧绿的眼眨呀眨。

“走吧！去把我们的名字填上吧！”

话一出口，我就后悔了。

第一堂课，二十三号教室，老师还没来，有的人聊着天，有的人对着教室里一具骷髅假人议论纷纷。悬于半空的骷髅出现在舞蹈教室也未免太过戏剧性，我和爱莲对看一眼，她说，这堂课一定很有趣。点点头，人生第一堂舞蹈课，我准备好了，期待老师的出现！

“Sunteck！新学期真高兴再见到你！”

这声音！贾克琳老师伴随着强烈气场的问候从门口席卷进教室时，我哑然失语。选修时，课程介绍里的教师栏虽然空白未填，但谁会想到最终浮出的竟然是贾克琳！那个潜在型的“杀人凶手”竟把自己的名字塞进教师栏里？上学期我好不容易从她那简直堪比选手级泳技训练的游泳课中存活下来，难道这学期想选个舒压型的课程也不可得？

“看来，我们这堂课有些有趣的学生。”贾克琳目光扫过正努力挤着僵硬笑容的我，她的“有趣”二字当然别有所指。她转身，推了一下悬空的骷髅，然后走到墙角把音乐转开，在骷髅停止摆荡前，拉丁骚莎热情性感的音乐已经从角落蔓延开来。

爱莲一副跃跃欲试的表情，她的身体早已准备好了。我转念一想，上学期从水池里跌倒，这学期就从舞池里站起来吧。记得，我是爱莲永恒的骑士，无论怎样都要守护着她。

“爱莲，右脚，呃，滑出去再回来是要点地几下啊？

“等等，你可以慢动作再做一遍让我看看吗？我觉得好怪。所以左脚是……

“喔！喔！我懂了。所以，呃，右脚滑回来是要点地一下？咦？是吗？”

我觉得我在迷宫里打转，愧对我所要保护的对象。

贾克琳老师跟着音乐示范了几招舞步后便要我们自行练习（简直与上学期游泳课如出一辙）。我不知道是不是法国人对于初阶的认知与我有落差，我的“从零开始”，对他们而言只是上课前就该有的配备技能。从小在各种艺术、体育活动、哲学思维里生活的法国学生，加上自我独立性格的发展，让他们在进入大学阶段求学时，对比亚洲学生，多数都已拥有相当厚度的文化积淀与确定的人生目标。当我还苟且地以为自己早就学会的蛙式对付游泳初级的课程绰绰有余时，法国同学期待的已经是个人及团体混合式接力赛的期中测验。

我将脸上难堪的汗水层层拨开，看着爱莲，一边懊悔自己笨拙得无以复加的双脚，一边啧啧于不厌其烦地示范给我看的爱莲如鱼得水的身体动感与曼妙姿态。爱莲跳骚莎，勾垂的双手在胸腹间滑翔，臀似在海里晃荡，既沉且轻，一个转身，发尾还能甩出香汗几滴。我呢，香汗没有，倒是紧张时会不小心唾沫横飞，一要扭脚，嘴巴就失禁，一要转手，脚就像在地上生筋。但至少此时，被爱莲保护着，贾克琳老师还没发现我开始显露的颓势，尤其，当我后来还能取巧地将骚莎屁股扭动的重点扩大而意外引来众人的一致称赞时。

尽管如此，强扭的屁股毕竟不持久，随着课程难度的增加，我这点伎俩很快便显得左支右绌。进入第五周双人舞的部分，Sunteck这个名字终于正式地由贾克琳老师认证为——本班最落漆（最掉链子的人）。

“Sunteck，跟上拍子！”

“Sunteck，全场我只看到你的屁股！”

“Sunteck，你的对象是Eleonore，不是自己的影子！”

“Sunteck，来，干脆你来跟我跳！”

公主的背叛

于是，要不要上课成了我每个星期五早上最大的挣扎。人到了教室，就如同静候处理的俎上肉。有时，我身体在动着，神在太虚；有时，贾克琳老师的声音会自动落在远远的背景之后，这时，我会望着教室里悬着的骷髅，他以一种了然生死的态度俯视全场，我因此会得到一丝救赎般的恬静感，也因此原谅了后来背叛我的爱莲。贾克琳老师重新洗牌，爱莲被分配到示范教学小组与一名电影系的西班牙裔棕发帅哥配对，负责辅导我们少数几个还在迷宫打转的人。我觉得我骑士的身份被剥夺，真是耻辱。

“还有两个月，你的腿已经先去度假了吗？Sunteck！”贾克琳老师的声音直指早已退居角落的我。我汗涔涔，内心泪潸潸，牵着被赐予的新伙伴阿美，被剥除头衔的两个贱民，双手冰冷黏腻如两只蛞蝓，双脚的节奏始终不在拉丁美洲，但我们仍在挣扎，我们还没退缩。

从亚尔萨斯来的阿美跟我相同，都有数拍子障碍，加上我们在双人舞的步伐上总是出错，转身后不是各自飞奔，就是迎面相撞，我们不断停下，观察别人（叛徒爱莲疑似徜徉在爱情海中）并且讨论，然后，Eureka（对了，有了）！在下个音乐起拍处，我跟阿美竟成功地跟上节奏，一左一右，错位，进入各自的轨道，步伐精准，转身，Ouais（是的）！我们低调地喊出自我肯定的喝彩。开窍是属于不放弃的人的。双手勾垂，胯走，右脚点地，回，左右互换原地踩踏，一、二、三，翻转……不就这么一回事而已吗?

“Sunteck，bien（很好）！”贾克琳老师不知何时走到了我们身旁，露出一种刻意收敛的微笑，瞳孔里映出我的影子。

下课后，爱莲一如往常地走过来邀我去咖啡厅坐坐，我把关于她是叛徒还有我的心路历程原原本本地讲了出来。我们之间反正没什么秘密，爱莲听了大笑:“但路卡，那个半路杀出的西班牙男人，跳起舞来真的好迷人啊。”唉，是啦，不可否认。

“跟我跳舞吧！”一踏出咖啡厅，爱莲开口，显得兴致盎然。

“好啊！”知道爱莲随性，加上我有今天贾克琳老师肯定的光环罩顶，我伸出双手。

爱莲口中哼出一段课堂上熟稔的骚莎曲调，然后我将右脚轻滑出去，做了一个完整的去回，接着我们手拉着手，造就了一个圆满的磁场，准备转身——

MERDE（TMD）！怎么可能？一切如此完美的情况下，我那不中用的左脚往前跨越时竟然活生生地咬住了爱莲右边鞋子的前缘，一个踉跄，两人绊了一下，对望，旋律中断，爱莲大笑，我在她的笑容里看见魔鬼贾克琳的身影。

为了平复情绪，当晚，我到蓬皮杜中心附近的温州餐厅狂嗑一顿，从大肠粉、煎饺及青岛啤酒中换取替代性的满足，然后再不死心地一路以骚莎的姿态，行走，等车，坐车，回到大巴黎第五圈外我那遥远的家。

在巴黎，享受孤独是一种学习，创造宁静也是

从巴黎市中心开往西边的RER（Réseau Express Régional，巴黎快速铁路网交通系统）铁路A线在楠泰尔（Nanterre）警察局站一分为二：往西前进，火车缓缓驶入的是一座恬静优雅的小城圣日耳曼-昂莱（St-Germain-en-Laye）；往西北走，则是巴黎最常登上社会新闻版面的

支线塞尔吉－蓬图瓦兹（Cergy–Pointoise）。圣日耳曼－昂莱是座怀抱昔日法国王室、城堡及宫殿的城市；如今，历史的光环虽已褪去，这城依旧保有其高贵、大度、静谧的氛围，也因此吸引了许多喜好僻静者，当然不乏贵族后裔及高阶社会人士居住其中，包括我的房东夫妇。另一条支线的末站上塞尔吉则是我的租屋所在地，一个冰冷、没有人情味的开发中的新市镇。搭乘这条路线来往于巴黎及郊区的人种混杂，许多合法、非法的移民者散居铁路沿线。乘车时，窗外爬过的常常是一簇簇惨灰的平民住宅及清冷闲置的空地，而车厢内强暴、抢劫事件则屡屡发生。许多朋友问我搬到哪儿了，我会拿出皮夹里的巴黎铁路交通图，往那条红色支线遥远的西北端指去，等待友人开口：你疯了！

公寓房东是新加坡人克莱儿和她的法国老公希尔。我和克莱儿在朋友雅慧家的聚会上认识，几杯红酒下肚，大家聊开了，个性爽朗海派的克莱儿讲述着她和她的医生老公相识的过程。

“医生？所以是你去看病时认识的吗？好浪漫！”看着克莱儿，我脑袋里浮现出许多低级罗曼史的情景。

“我看什么病？你发神经啊！我老公是兽医。”克莱儿白了我一眼。

原本跟希尔只是语伴关系的克莱儿，后来成为他兽医诊所的助理，接着便入住了希尔位于圣日耳曼-昂莱的独立透天豪宅。听说我想搬家，克莱儿提议了他们位于塞尔吉的一间公寓里一百平方米大的单人套房，“便宜租给你啦！ Cos you are funny（因为你有趣）！”，如同一种恩赐似的。

一个月后，告别了布洛涅的用人房，我便搬进了这个位于遥远的郊区，五楼，且有电梯、巨大落地窗的两件式套房。事实上，尽管朋友们大惑不解，有时我的确也苦于来回通勤的耗时及不时的铁路罢工问题，但我还是享受这样的一个僻静之所，它让我的生活有了个明确的切分。

2002年，进入三大戏剧系课业最繁重的一年，同时，为了缓解家里的经济负担，我找了份餐厅的兼职，每天早出晚归，时间塞得满满的。

打工的餐厅位于距离第三大学五分钟脚程的铁罐街（Rue du Potde Fer），由一对台湾夫妻经营。从七号线颂西耶-道本顿（Censier-Dauenton）地铁站出来拐进小巷子里，接上的便是巴黎著名的穆甫塔街（Rue Mouffetard）。这条狭长的、具有坡度的小街保留着昔日的马车道石头路，以及一个当地的传统市集；也因为位于住宅区内，这里不像巴黎其他著名的景点那么张扬外放，除了当地居民

Dans ce distributeur Select
Vittel
Vittelisez-vo

的日常活动外，吸引的多半是有闲情逸致的前来散步采风的游客。受到穆甫塔街的荫庇，与其直切的铁罐小街于是也成为游客造访的街廓之一。街上各式餐厅及商家林立，我们的台式餐厅左右两边便分别是墨西哥及印度料理，对街是意大利菜及一家装扮华丽的耳环缀饰小店。

这家台式餐厅，是我无意间在学校附近的小广告墙上发现的。也不知是缘分巧妙还是思乡情绪被撩拨起来了，当下便激动地马上循着地址找去。爬上了穆甫塔，转进铁罐街，有着大片落地窗、优雅淡绿色窗框及外墙的台式餐厅在周遭热情奔放的墨西哥料理及颜色稍嫌杂乱的意大利餐厅之间，更显得婉约迷人。下午3点多尚未营业，老板坐在幽暗的餐厅内泡着茶。

“您好，我是来应聘的。不知道——”“应聘”两个字在我的口中显得生涩无比，我才发现自己二十六年来没有真正应聘过什么工作。

“坐啊！”操着闽南语的老板穿着不修边幅，灰白色的头发率性地向后扎起，但不知为何，他深锁的眉头让我产生了距离感。坐下后，老板将其饮毕的茶杯重新斟满，我以为他会替我也斟上一杯，但等到的只有尴尬的空白。我将目光偷偷移向店内的陈设，几幅廉价的字画挂在墙上，明显蒙了尘，木桌木椅倒是新上了漆，低头，一份印制精美的菜单在我身旁的椅子上摊开着：

Poulet piquant（辣子鸡丁）……18 Euros

Poulet à l'ananas（菠萝鸡丁）……18 Euros

Poulet aux champignons noirs（黑木耳鸡丁）……18 Euros

"在这里读书？"

老板丢出问句，我连忙从原本埋首的"十八欧元鸡丁"系列抬起头来回答："读戏剧的，学校在附近。"

"什么时候可以来上班？"

"随时都可以。"

"那今天晚上就来吧。"

很干脆，几句话，我在巴黎端盘子的生活就这么决定下了。

端盘去

一年的端盘生涯其实是一年份的孤独体验。这份工作占去了我上学及每日漫长的通勤时间外所有的剩余时间，换来的是一个月八百欧元的半工收入及忙碌之中奇异的宁静感。忙碌有种质量，不管转换多少场域，与多少人、事、物错身或交会，忙碌会将人收束在一种单纯的状态里，一种奇异的宁静感于是生成。

在早晚来往于郊区及市中心的通勤列车里，我有时准备着巫术与仪式剧场的课程，老巫婆梅森的课不容易，期中、期末考试和报告样样来，半本布尔迪厄艰涩难懂的社会学被我在火车上一页页地爬过并做下笔记；有时，我在返家的夜车上翻看着《巴黎视角》周刊，一边读着当周巴黎五花八门的演出信息，一边揣测着某某演出会以什么样的手法呈现，偶尔也想象自己的名字有天会印在这本《巴黎视角》上，然后感觉饱满地在车上睡去。

大学的课堂上，有时我也能偷得一点宁静之感。当我的法语听说能力已达某种程度，足以听着一个个个性鲜明的老师用不同的姿态讲课而我也忙着做笔记（也开始了自己的中英法混合速记系统）时，我会感觉自己与周遭所有人、事、物都完美地嵌合在一起，因而享有一种他人无法体会的幸福感。

端盘子的生活，有着另一种宁静之感。地处餐厅密集的铁罐街前段，这家台式餐厅经常享有一种与世隔绝的清幽。清幽，换句老板的台式说法——“是着灾了吗？”餐厅外面优雅的淡绿色招牌虽烙着“台湾小吃”四个工整的汉字及法文翻译，但在意、法、印、墨几家料理餐厅环伺的铁罐小街上，台湾这个名字对大部分路过找食的游客而言，辨别度实在不高。我跟另一名服务生Vladmir每天都要接受几次关于Taiwan/Thailand（台湾/泰国）的差别，以及餐厅名字的由来等提问。原以为艺术家性格的老板不以为意，料理只卖有缘人，但随着“灾情”不断，身兼厨师的老板经常焦躁地从厨房探头，最后更脱下围裙，径自坐在店内橱窗边的二人座泡茶，可能试图以消费心理暗示顾客上门。然而，很多时候，老板只能一泡一泡地过着他那似乎已然无味的茶，眉头继续深锁，不断看着我问：“是着灾了吗？”

着灾（瘟疫）倒不至于，虽说台湾小吃在这种地方立足不易，但要顾客上门其实也不算太难的事。当老板最后暗示我跟Vladmir到街上去拉客，为了餐厅的颜面（及我们的小费），连百般抗拒的Vladmir最终也只好屈服，跟着我从铁罐街一路杀到穆甫塔去，一边拿着菜单，一边用着连我自己都咂舌的虚华语言把客人硬生生地拉到餐厅。

“先生，您知道中国台湾吗？中国台湾料理是亚洲最棒的。尝过了，您这趟旅行就圆满了。”（我还尝试以餐厅料理是以阴阳概念入菜此等妄论在街头拉客，却也总能捡到几个“亚洲控”的路人。）

“来巴黎干吗还品尝墨西哥、印度、意大利料理呢？试试台湾风味吧，给自己一个挑战！真的！您不会后悔的。”（毫无逻辑可言）

“酸酸甜甜菠萝鸡您吃过吗？新鲜的菠萝，新鲜的鸡肉，连酱料都新鲜！老板每天早上亲手调配，台湾人都是健康饮食的！”（我死后会下地狱）

“Hello，您好，您知道Maggie Cheung（张曼玉）吗？香港有名的国际巨星。她很爱我们店里的菜，只要来巴黎住，她都会来这里用餐。”

张曼玉确实大驾光临过这家餐厅，虽然就那么一次，虽然她看着满满的菜单用她广东腔普通话疑惑地问道：“咦？这是台湾菜吗？我都没看过。”

曼玉与法国男伴后来点了三角形的炸物Samosa，一道其实是印度料理，却被我硬掰成高雄特产的点心，以及一道其实是中央厨房冷冻调理包，加上新鲜青椒和西红柿丁制成的酸甜排骨。曼玉想吃的台湾料理其实严格来说在本店是不存在的，而当时应该在恋爱中的曼玉显然不太在意，她和男伴在餐后老板免费送上两杯荔枝酒（根据老板的说法，是台湾南投的特产）后，还大方地在店里留下签名才离开。

有天，Vladmir问我，店里的菜真的都是台湾料理吗？

我委婉地说，是吧，只是很多我在台湾都没有尝过。

餐厅事实上经历过几次整修，听老板说，一开始的确是卖正宗台湾料理，卤肉饭、肉羹汤、蚵仔煎、牛肉面等等，但除了吸引来自中国台湾地区的留学生及旅居法国的台湾人外，很难征服法国人的胃口。

“我的蚵仔煎真的放生蚝下去！结果台湾人嫌贵，法国人嫌太白粉煎恶心！啊，这样怎么做下去？”老板似乎想从我这边得到什么答案，但我心里只有那个简单的疑问——开店前不都应该先做市场调查的吗？

张曼玉的签名没能替餐厅成功背书，店里生意时好时坏（坏居多），好的时候上桌率也不高，老板于是连续派老板娘、女儿及法国女婿在用餐时段坐镇店内，好歹可以充充场面。不上街拉客时，我跟Vladmir为了避免面面相觑，他会讲些电影系发生的趣事给我听，我则跟他聊在台湾的生活。有着俄国血统、长相酷似美国影星理查·基尔的Vladmir对未来有着惊人的憧憬，他说自己想当导演，拍出一部家喻户晓的电影，然后死于一场意外，名垂青史。我嘲笑他这想法过于浪漫主义，但只要他一天没出现，我就不免担心有什么不好的事发生。

Vladmir的死亡提问

“Sunteck，你相信死后的世界吗？”

一天晚上，餐厅内还剩下最后一桌在用餐的美国老夫妻，和我一起站在店外等着打烊收拾的Vladmir突然丢出这个问题。

“我没经历过，但我想，应该有吧。你知道，我们东方人很相信轮回啊、灵魂啊这类的。”

“我曾经‘死’过。小时候，溺水。”

“你确定现在是谈论这个的时候吗，Vladmir？”我知道他要跟我谈濒死经验，小时候曾受教于那个热门的电视节目《玫瑰之夜》，我因此很冷静。

“我浮在空中，看到两条道路在空中。你能想象那个画面吗？空中的两条路。”他继续说着，显然无视我的回应。

Vladmir说着空中的两条路，一条杂草丛生，一条闪着透明的光芒。我当下没插嘴，因为这个画面在罗伯特·弗罗斯特（Robert Frost）知名的诗《未选择的路》（*The Road Not Taken*）里早就出现过，我认为Vladmir的“濒死经验”只是偷取了弗罗斯特的意象。我侧身，疲倦地将头撇向店内那对优雅地用着餐的老夫妻，离11点还有一刻钟，半小时前就送到他们面前的三十二欧元盐酥大虾都已经累了，原封不动地塌在盘子上。我将残余的注意力返回Vladmir身上，此时他正诉说着自己选择踏上那条光明之路的细节（倒是与弗罗斯特的选择不一样）。

“那条路上有很多人。”Vladmir眼睛里闪着亮光似的，继续着他的旅程。

“天使啦。”我悻悻然地插着嘴。

“不是，是活着的人，我的家人、朋友。他们的脸孔出现又消失，然后很奇怪，当下我突然明白了一件事，这些我亲近的人，某种程度，都只是在我人生当中打过照面的人，我的父母也是如此，就这样，我对他们没有任何依恋。然后，当我有种念头想要继续走下去确认这种想法时，我突然醒了。”

“你当时十岁？想法好成熟的孩子。”虽然讽刺地泼着Vladmir冷水，但他话里有个东西刺了我的心一下，我当下没能厘清，直到当晚我们离开餐厅快步跑向地铁站赶最后一班地铁，我在夏特雷（Châtelet）站与Vladmir分开并转搭上回塞尔吉的最后一班RER时，那个刺开始在我的脑海中滋长。

没有依恋（sans attachement）——Vladmir口中的濒死经验——给他的体悟与他一直憧憬的成功后的死亡之间的关联，我始终弄不清，也没有再详细问。Vladmir在福尔摩沙待了三个月后离开了，老板和他都未事先知会我，我才发现从来没要过他的电话号码。同在三大念书，我们竟也从未再相遇。我其实想跟Vladmir说，你所谓的没有依恋，其实是我心里长久以来的状态，对人、事、物，有激情时完全付出与投入，一旦离开了那个状态，也许有短暂的情绪，但离开了，就离开了，没有什么值得依恋，也无须附加意义。

有两件事我没向Vladmir坦白。首先，我也想过做出一个举世闻名的作品，然后死去。但显然，做出举世闻名的作品不易，死亡也就必须无限期地延后（其实也是未知数）。第二件我没告诉Vladmir的事是，我也曾经“死”过，但我只看到那条杂草丛生的道路，路的起点，有个人给了我的童年一记几乎致命的暴力鞭打，印刻在我身上的创伤让我毫无选择地走进对人的恐惧和自我封闭一途，直到很多年后，拖着残破的身体，我才看到其他的岔路向我展开，但那是很久以后的事了。

我还是一样过着在课业、工作、市郊间穿梭的忙碌而规律的日子，生活里的许多片刻，总也能沉浸在宁静之中。休假时，房东克莱儿常开着车带我在郊区跑，一会儿去IKEA只为了买巧克力饼干，一会儿跑到知名的传统肉铺买一大包熏肠要我带回去为自己加菜，更多的时候，我们坐在某间咖啡厅，聊着无关紧要的小事，说说其他朋友的闲话。

然后，一夕之间，我的2002年就这么过去了。

真美，我的身体

Luis光是用膝盖“盯”着我，不作回应。教室的另一端有闲云野鹤叽叽喳喳，有点恼人；凉爽的风从木制的门窗不断吹进，秋风，也许再强力一点，就可以将我如枯叶般翻身，但它没有。此刻，我的上背仍旧粘在地板上的瑜伽垫上，两只腾空的脚一抽一抽地，试图把腰部带起，又无力地放下，双脚一度勉力爬到头顶上方，但就是被自己的肚子卡着，我跟自己僵持着，无法前进，也不肯退让。默剧课第一天，第一个小时，第一个练习，我人生的“考古难题”——身体的难题。

小学五年级，莫名其妙地被选入校排球队，每天清晨都需要比别的同学起得早，到校跑步、练球；挺着五十几公斤的体重跑步很不人道，伏地挺身、仰卧起坐、托球、杀球、快速移动练习则简直要摧毁一个幼小儿童的心灵。教练老是喊：“快！快！快！没吃饭是不是？”盲目的教练。我可不是因为没吃饭才得到“姚猪”这个跟着我整个小学六年的屈辱绰号（小学一年级，就已经有年纪小却心眼坏的同学了)。排球教练在忍受我一个学期之后，终于有天语重心长地问我："还想要继续吗？"他要我好好考虑。可能是因为没想到平时严格跋扈的教练突然温和了起来，我竟也慎重地考虑了两三天才回答他："我不想留在排球队了。"我想，当时，双方都松了口气。后来，我带着五十几公斤的体重，以及没有上场打过任何一场球赛的经验离开了排球队，继续过着"姚猪"的生活。

从小到大所拥有的绰号累积起来是一段个人屈辱史。姚猪后，是肥猫，肥猫后，是死肥猫，死肥猫不死，进化成国际版Fat Cat，中间掺杂了胖德、死胖子(又死一次，虽然没创意)、怪胎、肥兮兮(很致命的一个绰号，外表跟内在一起打，巧妙地把娘娘腔置入)。

命运有时的确作弄人，但也合乎逻辑——我们需要面对的，往往都是我们最排斥的。他们说，这叫"功课"，但我更喜欢"作业"二字，在业力上面工作。(带着一点囫囵吞枣的宗教观，一点救赎的意味。)这份生命的作业从第一个绰号引发，"肥胖"跟"兮兮"从此如主旋律般不断地在我生命中播放，音量忽小忽大，却从未消失。

Luis还是没有动作。事实上，因为姿势的关系，我只能用余光瞥见他一双无动于衷的脚。再次鼓起劲，我奋力将双脚往上踢，希望它们可以在半空划出一道漂亮的弧形后落地，顺势将我向后翻起。但没有。这一震，把我的腰重摔在地，我的衣服向下翻至胸间，那颗圆滚滚的肚子就这样垂坠在我面前。啊！未曾如此注视过，我的肚子，我的生命作业。

细看，它圆润、带有情绪，鼓起时是一种逼视，消退时是一种生命的酝酿。真美。尽管姿态窘困，我的心里还是流泻出这么一声赞叹。那是我第一次看见自己身体的美，第一次，从人们污辱性的言语糟蹋过的身体中看见了一丝美丽。那声赞叹很短，在我往后的默剧之路上，却有着指标性的意义。出于疲惫，我将双脚放回地面，过不去的，再怎么用力也过不去，于是我停下，缓缓起身，捏捏疼痛的腰，整理衣服，对老师Luis摇摇头，“J’arrive pas（没办法）！”我说。

老师Luis是巴西人，师承艾田・德库（Etienne Decroux）肢体默剧体系，在巴黎授课已有十年之久。四十几岁的Luis个头不高，留着的络腮胡辨别得出棕、黑、白三种参差的颜色，他目光炯炯，讲起话来语调轻柔，第一次见到他，就像看见个大哥哥一般，没有严师的强大气场，反而松懈了我许多的紧张感。

一窥肢体默剧的世界

世人认得默剧多从法国已故大师马歇·马叟而来，事实上，虽然马叟拜德库为师，师生两人的默剧表现手法却截然不同，当然，受到世界关注的程度也不一样。德库将传统默剧表现方式全面改革翻新并且系统化、肢体化，撇除面部表情，将重点拉回身体，每一个动作关节，甚至细微至手指，都是力道与线条的表现。德库曾说，在舞台上，没有任何一个动作是免费的。虚有其表地模拟真实拿一杯水，还未若真拿一杯水来得有说服力。德库探究的是借由一个动作的引发，整个身体如何介入。于是手取水杯在肢体默剧的表现下，离开了僵硬刻板的拟真模式，探讨了手在触碰到水杯的圆形杯缘时线条与力道会如何转变，而身体的介入也让一个简单的取水动作变成一种接近舞蹈式的抽象展现。德库从昔日拟真的、喜剧性高的默剧（pantomime）中提炼出新的身体符码，肢体默剧因此成为艺术性极高、肢体展现极为凝练的表演系统。

马歇·马叟受肢体默剧的滋养，却选择接回默剧传统，画上白脸，喜剧化、戏谑性地扮演各个角色。马叟的表演当然也丰富了传统默剧缺少的身体感，在一系列如捕鸟人、探戈舞者的作品里，他的身体轻盈地在舞台上创造了十足的想象空间。马叟的轻，对比德库的重。当德库宣称最理想的默剧表演是头罩薄纱（追求中性表情）并且全裸演出（但因为社会规范，所以改为身着短裤）时，马叟已经用其白脸黑眉红唇的装扮、灵巧丰富的表情，和他那同样招牌的高腰裤、横条衣在世界卷起一股风潮，德库讲究重量与凝练线条的肢体默剧，则残酷地在市场上隐没。马歇·马叟于是成为一般人心中对于默剧认知的唯一指标。

2003年暑假过去，告别台式餐厅的工作（我跟老板说：抱歉，我想休息一段时间；老板回我：我何尝不是？），时间相对空出许多，也可能出于对过去一年忙碌而错失许多事情的弥补心态，我想要学习新事物的胃口突然大开。从三大正对面的Palimpseste（字里行间）书局外贴着的许多表演相关课程的小广告中发现了Hippocamp默剧学校的招生信息时，我脑海中浮现的的确是马歇·马叟。小丑默剧我不陌生，来法国前，在台北上过几次课，但总有一点进不到心里的空虚感。所以当我后来发现肢体默剧这个对我而言全然陌生的概念时，我的反骨精神让我马上做了尝试的决定。

第一天五小时的免费体验课程结束，当然，我那声对自己身体之美的赞叹仅仅持续了数秒，看着班上其他同学个个身手矫健，尤其几名舞蹈学院的学生上课时对自己身体的专注及自信展现，我心里的退堂鼓又咚咚作响了起来。Luis走过来："明天你还会来吗？"

咚！咚！咚！咚！……

"你知道吗？Sunteck，你有一个很特别的身材。"Luis的瞳孔晶亮地闪着。

（特别的身材？屁啦！不就是骗我明天再来吗？）

"你的动作跟别人不一样，有一种特殊的韵律感。"Luis瞳孔继续闪亮。

（别再灌我迷汤了！这种营销手法我见多了。）

"我明天会来的。"我说。

唉，我又背叛了自己。Luis点点头，瞳孔闪得比方才更严重，我的默剧之旅就这样在自己心口不一，以及Luis希望的眼神下展开了第一步。

"当一副躯体站立时，我所看到的仿佛是人性耸立于我的面前"

舞台上，你必须付出，舞台下的学习也是一样。一个星期五天、每天四小时的默剧课程当然是一项支出，但付出的心力其实更超出我自己的想象。首先，我将三大戏剧系的课程全部调整到下午，甚至从遥远的塞尔吉搬回巴黎市内。每天早上9点开始上默剧课，下午1点课程结束再迅速赶往三大，路途中简单买个三明治果腹，日子过得似乎跟上一年一样忙碌。

默剧教室藏在十一区夏洪尼路（Rue de Charonne）七十七号那扇偌大的红色木门背后。推开门，石头铺成的中庭带出一栋“口”字形的三层楼老式建筑。建筑空间划分为一间设计工作室、一间印刷行、两间长形的舞蹈教室和一两户家用住宅。老旧的直式电梯、宽敞的旋转楼梯、木制的门及窗棂、透明玻璃、二楼和三楼的铁栏杆、橘黄色的工作灯等等，每每让我感到视觉及心理上的静谧与愉悦。

或许是肢体默剧中性表情的内化，也或许是个性使然，Luis上课基本上没有太多的话语，也没有过度激昂的语调，只是一次次示范，然后调整我们的身体动作。每天，我们有一小时的暖身，两小时的默剧基本动作教学，短暂休息十五分钟，最后一小时上即兴课。除了每星期三的现代舞及星期四的巴西战舞外，基本上课程内容日复一日、年复一年，变化不大。这是一门要耐久、耐得住单调的课程。也许因为这样，每个新学期的开始，总有同学不再出现。意料之外，我竟然喜欢这样不哗众取宠、不嘻嘻

哈哈，一个动作不断重复演练的上课模式。

在重复之中我找到精炼的乐趣，看似一样的动作，随着每次大小不一的施力而产生不同的线条变化，有粗糙，有细致，有全然放弃时的断裂，也有重新拾回后的奔放，更不用说其中许多无意间生成的领会及联想。身体是不会骗人的，但表情会，艾田·德库如是说。我几乎一头栽入了肢体默剧的世界里——除了表演肢体的开发外，对我而言，最大的原因来自德库借由肢体默剧系统所讨论的身体哲学及人性：“身体，指的是‘躯干’（身体脊椎所在），确切来说，是由双脚所承载的躯干，也是我们身为人及其责任所在。失衡时，我们会跌落。一切并非凭空之感，也骗不了人。”

我开始坦诚地面对自己的身体。

在舞蹈教室里每次快跑、转身、跳跃，我都有一种脱开满身束缚的自由而且轻盈的感觉，如小龙女一般。而回到Luis的课上，那种沉静的氛围伴随着肢体施展出的力量，有一种重量感，可以让我们稳稳地行走，甚至让我们在快要失衡时止住过剩的力量。静止，依我之见，其实是肢体默剧的精髓。在身体每一个力道打出去的动作与动作之间，静止成为重要的过渡，一种力量的反制或回旋，一种隐匿的延伸，如涟漪一般。静止，也成为一种酝酿，在动与动之间。这种酝酿，德库称之为“回响”——

想象一个身处聋人世界的人，他在众目睽睽之下敲响了钟。就在他敲完钟的那一刹那，所有聋人看到的只有动作停止这个事实，并没有任何的后续。但如果这群聋人身旁刚好有一群盲人，他们所能感知的一切则会是从敲完钟的那刻开始，因为回音会继续。也许，对于很多的事，我们也应如同这群盲人一般；有时，我们在空间中施展动作，然后在动作还应该延续时停止。有些东西的回响是重要的，默剧就是其一。

我开始给予每一个动作完全的力道，然后训练自己迅速地静止，一次又一次，在极度的展露与自制间抓到平衡，直到身体感受到了德库口中所谓的“回响”。那几乎成为一种静心，一种修行。

塞尚的圣山，我的圣山

2004年夏天，我站在南法普罗旺斯小镇特雷兹（Trets）的一座山丘上，被远方另一座在阳光下闪着银白光芒的山深深吸引。圣维克图瓦山（Mont. Sainte Victoire），同行的法国友人在旁提示了我，那鼎鼎大名的画家塞尚笔下不断创作、修改、探索的圣山的原型。圣维克图瓦山如一只狭长的蜥蜴俯卧在平原的另一端，仰着头，耸起背，在画家笔下历练了十几年，以各种面貌、色调、角度、结构的变形爬过了画家的生命。据说，塞尚在一次野外写生的过程中因心脏病过世，精彩的一生最终回归他笔下那个时而失焦，时而立体，时而坚实，时而悬浮的自然景致中。

下午，我要求友人跟我跑了趟镇上的小书局，我们把塞尚画册里的圣维克图瓦山一一找出来仔细翻看，才从不同的画作及介绍中得知画家及其一系列圣山作品的背景。我停在其中一座银白中透着淡蓝微光的圣山面前许久，那色调是我今早亲眼所见的银白——不，也许记忆已被眼前令人惊叹的作品刷新，不复真实。从银白中升华出一抹透彻的蓝色光晕，我静静地沉浸其中，心中浮现今早眺望圣山时在心里对她说的话——“请给我力量在默剧这条路上走下去，给我力量先做好这件事。就这一件事。”

远眺圣山，我的眼眶噙着泪水，仿佛借由一件事的自我许诺找到一种重量，也许，它可以将我稳扎在地，不用缥缥缈缈、游游荡荡。

混沌的一年

治疗在心理医师Marie位于埃菲尔铁塔附近的高级住

宅里进行。在等待最后一名客人到来时，透过六楼的窗，我看着外面那座联结巴黎十五、十六区，有六号线地铁行经其上的Bir-Hakeim桥。经过了慵懒的夏日，10月的巴黎秋高气爽，所有的人、事、物、感觉已经舒展筋骨，回到各自的岗位上，在冬天来临前准备好好发挥一番。我眼下的地铁来来回回已经好几班次，客厅里散坐着六个人，有的闭目，有的打坐，有的东走西走，试图掩饰心里的紧张，如同我一样。

“Ça va aller（一切都好吗）？”Tina走过来问候我，脸上还是一贯的慈祥笑容。

“一切都好。”我含蓄地回答。

两个星期前，经过朋友的介绍，我认识了Tina。她是名心灵愈疗师。年轻时身为演员的Tina在一部她终于可以担任女主角的片子开拍前一天发生了严重的车祸。车祸让她的身体多处骨折，脸部也严重受创。Tina花了很多年的时间康复，甚至整形，原以为人生已经彻底毁灭的她，因缘际会认识了一名来自西藏的师父。从小其实就拥有易感体质的Tina在最绝望时仿佛抓到了一丝可以攀附的力量，随后便跟着西藏师父修行。几年之后，她不再抗拒，终于明白自己的天命不在之前孜孜矻矻追求的大银幕上，而是用她天生的能力去帮助更多的人。

Tina新染了一头黑发，黑发衬托下，她碧绿色的眼珠更显深邃。她向在场其他人简单打了声招呼后便返回书房，心理医师Marie走进客厅向大家说明今天活动大致的流程及注意事项。看来，最后一个人不会到了。

“家族排列是一种结合心理及能量运作的治疗方式。每个人身上都有家族的印记（les empreintes），它来自你的父母、祖父母，甚至历代祖先。这些印记有可能是正面的，当然也有可能是负面的。正面与负面不是由我们所认为的道德标准来判定，而依据的是你——这个个体，同时也是无数隐藏印记的载体——与这些印记是否维持在一个和谐的频率上；如果不是，频率的不协调与冲撞可能就是你——现在的你——遇到如重病、忧郁、自我伤害的倾向、对人的不信任、恐惧等问题的原因。家族排列试图回溯这些一再出现的问题的根源，希望能带领大家的第一步，是去看到它。”

个子矮小的心理医师Marie说起话来温柔而坚定，她口中不断提及的“les empreintes”这个词从发音到原义“指纹”的意象都让我觉得有趣。几个世代家族留下的“指纹”，父亲、母亲按压在我身上的（empreinte，翁—畔—特，音从鼻子到喉咙，最后被舌头推平至齿间），我也可能无意识地按压在下一代、下下一代身上，隐匿，却无所不在。

这次活动是Tina邀我免费参加的，否则就要跟其他人一样支付一百五十欧元的费用。在此之前，我已经经历了一个多月的失眠之苦。8月初从台湾回法国后，我又搬了一次家，新的公寓在四号线地铁最南站，环境清幽，屋况良好。房子打理完，新一年的居留证办妥，我正准备迎接9月和10月默剧学校和三大的陆续开学，失眠的状况却发生了。原以为是环境变动影响情绪使然，虽然这种情况很少发生在我身上。

夜里，我会莫名恐慌，有时觉得寂寞得想要自我消失，想到未来，一种不确定感紧紧压迫着我，让我质疑目前的一切意义何在，然后不断呼唤出美好的过往记忆来抵消负面情绪。一睡着，我就做起事后想也想不起的噩梦。当情况持续到第二周、第三周，我每天除了只有傍晚会因为过度疲倦而睡着一两个小时外，晚上几乎是在床上辗转反侧或在各种想让自己入睡的企图中度过。9月中，默剧学校新学年开始，忙碌的生活及一周五天的身体练习也并未让状况好转。

台湾朋友莉婷介绍我认识了Tina。第一次见面，Tina给我一种亲切却又神秘的感觉。当时我对能量治疗，甚至对能量、气场、光晕一点概念都没有，但也毫无抗拒之感。当Tina说我的蓝色光晕透着一大片灰黑，我也不觉得惊恐或威胁。从小到大，莫名其妙地主动跑来跟我讲些玄妙之事的师父不算少，有的说我和尚命，应该去修行；有的说我是忠厚的天狗下凡；有的说我跟父母缘薄，也不会有子嗣；还有的说我身后跟着数不尽的前世徒弟。综合各家说法，好像一出生我就应该遁入空门似的。喔！我想起母亲曾经跟我提过一个也不知是开玩笑还是真实的事件：怀我的时候，当时我们还住在桃园眷村，有一天母亲在巷口遇到一位托钵化缘的师父，母亲投了些钱给师父后，师父顺口询问母亲肚中的孩子叫什么名字（像电视连续剧剧情），母亲说名字未取，师父便斗胆赐给母亲一个“尚”字。于是在我哥哥立德之后，不是立言、立功，而是我，尚德。（父亲难道没意见？）

也许是沾了和尚的“指纹”，我这辈子注定要跟宗教人士脱不了干系，而Tina只是欧洲版的变奏而已，不，她细致许多。当天，Tina花了半小时跟我叙述她所看见的我的灵魂蓝图，她偶尔看看手中事先记录过的笔记，语调和缓，我则静静地听着——“你是舞台上的人。我所指的舞台，亲爱的，可以是任何地方。你天生有吸引人注意的能力，无论是在你的表演、言语还是日常生活里。Sunteck，可是你自己并没有看到这点。太多的思考，太多的脑部繁杂推算让你把自己盖了起来。”

我看着Tina，但随即又将视线从她绿色的眼眸中移开。心里深处，好像有什么东西被挑了起来，令人有点不自在。

“你有爱人吗，现在？”Tina放下手中的笔记，带着笑容看着我，美丽的金发散落在她的双肩，丰厚的双颊及嘴唇看得出一丝整形的痕迹。房间内只有一盏橘黄色桌灯的亮度，小桌子上点着的精油吐露着神秘的香味，随时都可能催人心魂。

“没有。从未有过。”

我没再说话，只是继续听着自己的生命蓝图。后一个小时，我躺在一张医疗床上，盖着毛毯，Tina已经到另一个房间帮我调理能量，我终究睡去，直到她将我唤醒。

“Sunteck，你有很美的灵魂。”离去前，Tina在给我吻颊礼时说了这句话。belle âme（美丽的灵魂），很美的字眼，听起来像belles larmes（美丽的泪水）。

谁没有呢？转身后，我这样想着。

家族排列治疗

“今天活动的进行方式是，每一个带着自身的问题上来的人，可以从其他六位旁观者里选出人来扮演你的家

庭成员，不用考虑性别或其他客观条件是否与真实情况一致，仅凭你的直觉。被选择出来的演员们，会被当事者随意放置在客厅这个我们围起来的空间里，过程中可能出现的互动如果使你想做任何反应或回应，请不要犹豫。”

在进行前五个个案时，我一直是旁观者姿态，即便五个当事人有的最终埋首、泪不可抑，有的沉入更深的思考里。五次不同家庭组合的扮演者有的从头到尾站在被摆放的位置呈现放空状态，有的不晓得是刻意扮演还是什么原因，会突然哭泣或者爆出一句只对事主本人有意义的话。没有人选我做家属，所以大部分时间我只是像看戏一样，甚至怀疑治疗的可靠性。

我想起Marie事先提醒我们的另一件事：“旁观也是一种参与，看似与你无关的问题，仔细观察，那也有可能是你的问题，只是不在你日常意识到的层面而已。今天参与其中的成员组合有其一定的道理。”

第六个个案开始前，看起来一直很冷静的第三个个案，一位法国中年男士，说他不舒服，便向Marie请求到房间躺一下。在书房的Tina正维持着整个活动的能量场，希望能够给予这次家族排列治疗更高的效率。

第六个个案，一位留着中性短发、身材矮小、脸上带有一股强悍之气的六号法国Madame（女士）上场。她从我们之中快速地选了两个分别代表母亲跟妹妹的扮演者后，便转向我："请你当我的先生。"她的请求几乎像命令一般。

尽管如此，我还是感到兴奋，终于有参与感了。六号女士将"母亲"和"妹妹"安置好后，转而要我站在离她们三个人都有段距离的逼近墙角的位置。除了Marie和Tina之外，我们并不知道彼此带来的问题是什么，过程中，Marie会以一个协调者及引导者的角色适时介入。在前面几个案例里，Marie在观察场上的互动、发现可能的问题点之后，会引导当事人去跟扮演她亲属的人，甚至去跟她本人的扮演者做一种沟通，如果问题严重，则尝试去帮双方达成一种象征性的和解。和解可能只是一声对不起、一个拥抱，当然也有僵滞或无动于衷的情况，这时Marie会试着引导场上的"演员"，有时则让个案当事人停下来，深呼吸；毕竟，要面对自己的心结的确是件困难的事。

六号女士亲自上场，不需要自己的扮演者，她的强悍也展露在处理"妈妈"与"妹妹"的关系上，她甚至取代了Marie的角色，要"妹妹"跟"母亲"道歉："你十五岁逃家，十年后才出现，你当初追求的洒脱与独立，结果只是造成了一个日后不断以咆哮及愤怒掩饰自己深切罪恶感的母亲，当然，还有一个受害者——我。"一股强烈的气流随着六号女士的指控升起，站在边缘的我，是观者，却又似乎无法置身事外。妹妹的扮演者掉下眼泪，双肩及整个脊椎似乎都已坍塌，更强的指控旋即又起："我不是谁的替代品，我有自己的个性，要自己决定该往哪儿走、该做什么样的打扮、该不该离开家。'妈妈'，我陪在你身边够久了，你禁锢我够久了，当我四十岁终于有了自己的家庭时，你应该祝福我，而不是……"她气喘吁吁，没有把话说完。我看着客厅里其余围坐的观众表情凝重，场上的母亲扮演者只是直愣愣地看着眼前发生的事，没有过多回应。Marie轻轻地拍了拍六号女士的背，给了她一杯水，同样也安抚了一下场上的另外两名扮演者。

这段处理的过程相当耗时，四十分钟过去了，我还在角落站着，直到——

"你对'先生'有什么话想说吗？"Marie问。

六号女士先前的气焰像是被霎时抽空一般，说起话来开始闪烁其词。Marie鼓励她靠近我一两步，她犹豫了一下，我眼前的她就像是一个犯了错的小女孩，表情闪躲，身体畏缩。但奇怪的是，正当她终于朝着我走近时，一股似乎明显存在的气流突然把我向后推了一下，我往后跌了一步，右手打到墙壁，还没来得及反应当下诡异的情节，便发现自己脱口而出："不要再靠近我了，你的存在给我太大的胁迫感。你背着我跟其他的男人在一起，一个接着一个，我都知道，没有戳破你的谎言是因为我给自己和你留了一个安全的距离。但显然你并不这么认为，你一直要打破我的底线……”我突然打住，为自己不经思考便噼里啪啦讲出来的流畅法语及内容感到讶异；讶异之中，又有句话梗在喉头，我愣了一下，不确定该不该说，因为它的严重性可能让方才建立的某种事实感变得可疑、虚假。但，也许那个事实本来就是被虚构的呢？

“所以我自杀了。”我一个字一个字，尽量不带情绪地念出来。

午后射进来的阳光在我眼前形成亮晃晃的一片，客厅里的对象、摆设，以及所有人的容貌变得好清晰；透过身后半开的玻璃窗，六号地铁行经时发出的金属噪音不时传来，我在等待着其他的回应。

我想，方才，全场的人，包括心理医师Marie、当事人六号女士都被那句话震慑住了。她事先显然没有跟心理医师提及丈夫自杀身亡的事，而以我当下的感觉判断（那一股把我推倒的透明气流，某种程度上说服了我——也许真实是隐藏未见的），她也不知道（也许不敢承认）自己其实是丈夫自杀身亡的关键因素。

六号女士没再有任何动作，她目光低垂，嘴巴念念有词，在她转身跟心理医师Marie说“今天就到此为止吧”这句话前，我想我读到了她破碎的字词里的意思——Je suis vraiment désolée（真的很抱歉），她说。

望　乡

Marie提议在进行最后一个个案前再安排一次十五分钟的休息时间。六号女士在Marie的耳边说了几句话后便拿着包离开，她们另外约了时间见面。我去厕所洗了把脸，想把残留在身上的一股不舒适的气息洗掉。

轮到我上场时，场上只剩下五名参与者，而除了重新归位的三号先生外（他显然睡了个好觉），经过一整个下午身心的奋战，大家早已疲态尽露。Marie要我开始选择扮演者，五名观众，刚好成为我家成员：三号男士饰演我的哥哥，一位约莫六十几岁、身材瘦高、满头华发的法国太太成为我的父亲，母亲由一位整场都相对沉默的女士扮演，两名似乎是相约而来的年轻小姐，则成为我的两个姐姐。在随机将他们各自定位在场上后，Marie问我：“你呢？你把自己摆在哪里？”我脑海一片空白。

Marie给了我一个理解的眼神，然后要我站出来看一下自己刚才随意摆置完成的画面。从场中间离开，退到

Marie身旁，往那五个扮演者排列出的画面一看，我倒抽了一口气。场上五个人完全没有交集，“哥哥”“姐姐”散在客厅四处，“母亲”被我摆在几乎偏离客厅的位置，背对着所有人，我的“父亲”站在场中央，目光却望向窗外。那么我在哪里？我应该在哪里呢？

Marie想先处理我跟“母亲”的关系。她询问“母亲”是否愿意转身面对我，而当“母亲”转身时，一股跟之前类似，但却是从下方涌上来的强大气流从我的脚底往上猛灌，好像要把我连根托起，我的身体没动，可是全身上下，尤其心脏，却被抬至一种倏然腾空的恐惧里。

“等……等一下。”我央求的不知是Marie还是我的“母亲”。Marie要我慢慢来；缓了几秒钟后，她问我：“你有什么想跟母亲说的吗？”看着母亲的扮演者，感觉这一切简直比演一出舞台剧还要荒谬。我摇摇头。我不会让自己像六号女士那样歇斯底里的，虽然，有那么几秒的时间，我的情绪带着一股不确定会是什么样的激烈话语准备爆发，只是被理智压了下来。Marie转而询问“母亲”并询问我的意愿，是否可以彼此靠近，我们双方都点了头。

那几步走得并不困难，事实上，我觉得，场上的联结在刚刚已经断裂了，在我面前的只是一个单纯的法国太太，所以当Marie进一步询问我们是否愿意给彼此一个拥抱时，我们几乎都没有犹豫便拥抱了对方。场上哥哥、姐姐的扮演者们倒是在这个时候纷纷转身观看。当我已经准备好结束这场自己认定不会成功的疗程时，Marie要我走到那个满头白发的、高瘦的、扮演我父亲的法国女士面前。

“你觉得父亲在看什么呢，Sunteck？”

好奇地侧过头，我发现全场唯一没有受刚刚母子大和解的动作影响的，是我父亲的扮演者。她的眼神一直望着窗外。

“我不知道。”

“你想知道吗？”Marie问。

“也许。”我语带挑衅。

“您愿意说吗？”Marie转向父亲的扮演者。

“……一些人……我看。很远。”父亲的扮演者沉默许久后，看着我说了些碎裂的句子。她表情严肃、凝重，有种奇怪而难辨的情绪，但它抓住了我的好奇心跟注意力。

Marie接着走向我两个姐姐的扮演者，然后对着场上所有人宣告解除她们的角色，并要求她们站至我“父亲”身后。接着，Marie询问“父亲”：“您知道身后的两个人是谁吗？”我不太明白Marie这个突兀且看起来草率的举动，但“父亲”几乎不作考虑地回复——“她们从远方来。一个是我的亲人，一个是我挂念的人。”

“父亲”缓缓说着，几句话在我心里自动转译，几乎是以我父亲会有的语调与神情。然后我猛然想起，三天前，在跟台湾的大姐通越洋电话时，她跟我提及家里最近发生的一件大事：祖籍江苏武进的父亲从小有个青梅竹马，两人曾在一起度过了许多快乐的童年时光，后来父亲娶妻生子，投入军旅生活，没想到跟着蒋介石的国民党军团一路打仗继而撤退到台湾后，与家乡一别便是四十余年。

如同那个时代几十万的外省军人一样，父亲在台湾落地生根，有了新的家庭、新的人生。大姐电话里提到的是，父亲自两岸开放探亲后，陆续回过武进老家几次。第一次去，见着了当时还在却已九十八岁高龄的老母，其后，父亲每次回去都想弥补自己当年的遗憾，尽其所能地在经济及物质上满足留在家乡的老婆、儿子及孙子。此举，当然引起母亲极大的反感。然而，父亲的遗憾可能不止于此。大姐说，上个星期有通从大陆打来的电话，接起电话后的父亲在短短几分钟内全以家乡话交谈。挂上电话后，平常理性而且表情严肃的父亲显得情绪相当激动。

电话的那头，从七十年前的时空中走来父亲的青梅竹马。

为此，父亲说要再回老家一趟，母亲当然强烈反对，事情便胶着在那儿，不知后续如何。我看着眼前的父亲扮演者，再顺着他身后望向那两名对我而言极度陌生的人，刹那间，有点错乱，仿佛一个新的家庭在这个时空里形成了，我牵涉其中，却不知如何进退。

“Sunteck，”Marie 看着我，用字很小心，“你父亲在一个他或许已经适应了的地方，但他始终望着他的原乡，就像你现在一样。也许，只是你自己还没意识到而已。”

闭上眼，一个月来内心的恐慌与各种自己编造的悲剧脚本片段浮现在我脑海，我在巴黎几近沉迷地已搬了六次家，无人倾诉的寂寞，对于爱的无能，永无止境的自我矛盾，我的谎言……

几个月后，我决定回台湾一趟，坦承这五年多来一直瞒着家人的事实。

五年前，为了怕家人不同意，我骗他们说自己在法国学的是企管，这个选项很快获得爸妈及在家说话最有分量的大哥的一致认同，尽管我从小对数学一窍不通，对钱财的观念接近出家人的思维。

五年多来，对着家人，说过多少自己都不明白的、临时胡诌出来的话，只为了圆那第一个谎言。我甚至告诉爸妈，我在一家巴黎的台商贸易公司实习，事实上，就是那间疑似遭灾的餐厅。

这经年累月的谎言公开时，我正坐在二姐位于板桥的十九楼家中面对整个家族的老老小小。吐出的事实，字字都沉重地敲打着自己的耳膜。

那天，家人轮番炮轰、指责我，母亲听到我念的是戏剧，摇头叹气，担心我会染上毒瘾、交上坏朋友，大哥说我对家人跟自己都不负责任，父亲则是一贯的沉默，但沉默有时远比任何反应都要令人害怕。

2005年夏天，我回到巴黎，心头一块重担卸下，却换上一股阴霾笼罩着我。我换了一所默剧学校，继续着三大硕士班的论文写作，失眠的状况没再出现，秋天来临，一切似乎重回轨道，然后，下个春天到来时，突然间，我决定回家。

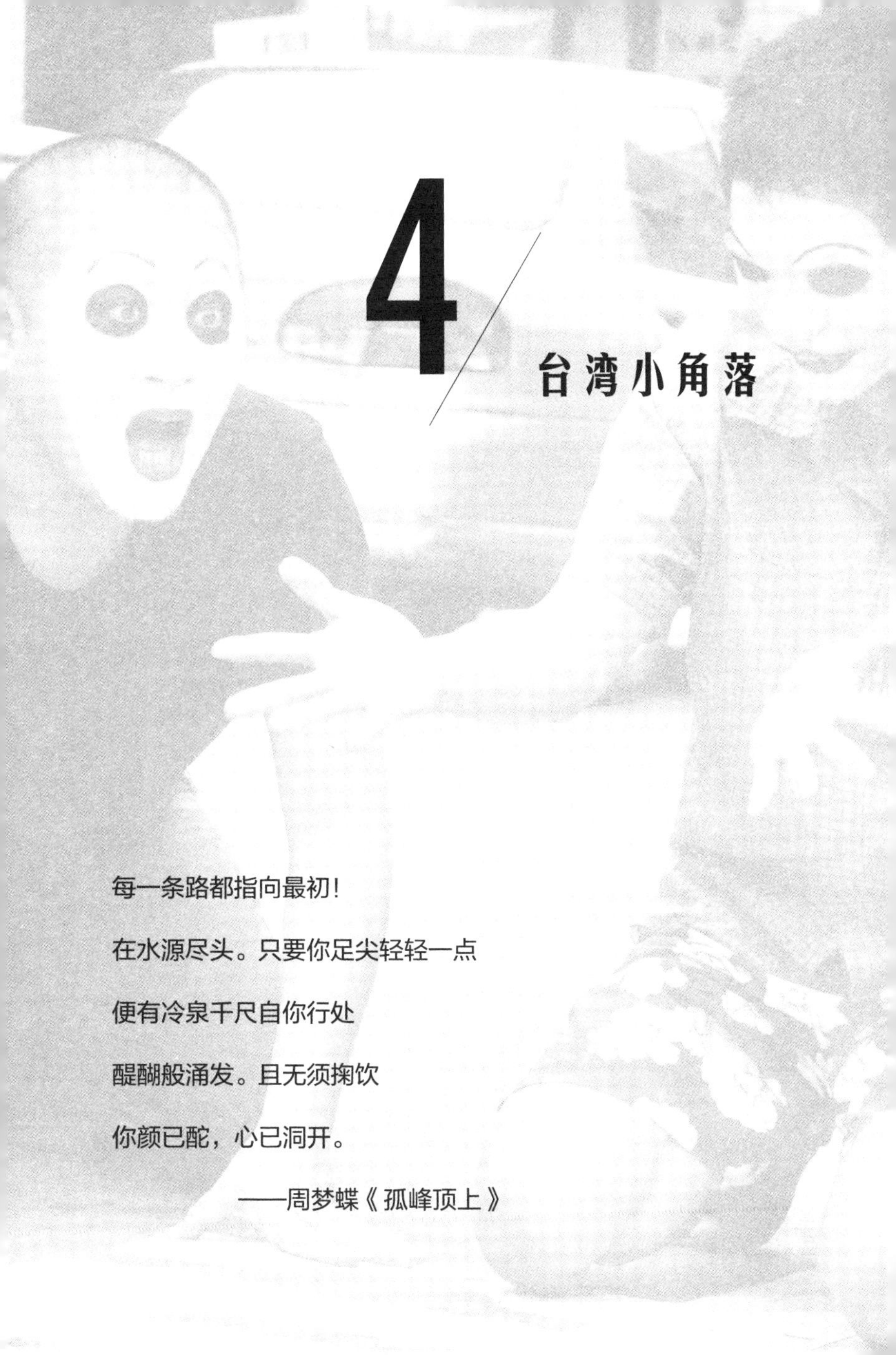

4 台湾小角落

每一条路都指向最初！

在水源尽头。只要你足尖轻轻一点

便有冷泉千尺自你行处

醍醐般涌发。且无须掬饮

你颜已酡，心已洞开。

——周梦蝶《孤峰顶上》

努力也是一首行走的诗

昔日在巴黎第三大学念书时的戏剧系学长Laurent写了很长的信息过来，细数了过往的美好时光。我念大二、大三时，每周我们会在他的公寓聚会一次，研读剧本、戏剧评论，并且讨论彼此刚看完的演出。他同时训练我的法文写作，我则跟他分享默剧学习心得。父亲是诗人、母亲是大学教授的Laurent自小耳濡目染，也培养出浓厚的文学底蕴和知识涵养，说起话来充满自信，喜欢引用名家语录为自己的思想背书。他有种不可一世的傲人姿态，在哲学系念了一年书，因为不满老师思想“迂腐”，选择退学。他花了一年的时间在咖啡馆打工、思考人生，然后决定改念戏剧系，只因为坚信“戏剧是行走的诗，比现实人生还一针见血”。

创作果真成为他的沃土，那两年我所接触到的他，是个经常彻夜不眠、笔耕不辍的戏剧狂热分子：黑眼圈浓重，头发服饰杂乱，生活不拘小节，租来的套房被书本、烟蒂、啤酒罐等被他形容为“创作必需消耗品”的东西所占满。当时，对我这个初入戏剧世界且从未受过思辨训练的留学生而言，这样一个亦师亦友的学长简直如同偶像，从他身上，我总想看见一部分期许中的自己的样子。几年后，学业结束，我决定返回台湾，Laurent听了只是大笑着说："放心，我会把你搞回巴黎演我的戏的。我们要联手让世界注视、记住我们。"他当时撂下的豪语与眼睛里闪烁的光芒后来似乎一直停留在那儿，久了，便成为现在他在信息里跟我提及的美好过往。

2006年，回到台湾，我便开始了自己的表演生涯，有一年多的时间，Laurent音信全无。再收到来信时，他又回到咖啡厅工作，信中的语气多了股比过往激烈的愤世嫉俗和一种我从来没有在他身上看见过的无奈感。"我们只是任人宰割的猎物而已。"信末，他如此写着。

当我磕磕绊绊地在默剧这条路上走着，有时真的撑不下去而写信寻求学长的意见时，他的回复都是："回巴黎吧！我在这儿等你。"我问他是否一切都好，他回我："很好，但你什么时候回来？"这样温柔的文字，久了就变得软烂乏力，我的这位学长、昔日的好友再也不谈论剧场，再也没有任何作品产出；对于我在台湾的演出信息，他只会在剧照下方留言：很棒。我问他是否停止创作了，他说："生命本身已经是创作，无须添加。"

转眼十年，当初的两个人现在都已经迈入壮年，年轻时的心境很多都因为现实要承担的责任而变移了。当我慢

慢建构起一个小型的剧团，为了它的营运而犹豫是否该放弃某些个人的追求时，Laurent靠着打零工和拿法国政府的失业救济金过活。他的文字里充满着对现世的厌恶，以及某种无能为力的喟叹。他细数着自己曾做过的戏，都是我离开前的创作，文字搭配剧照，好像在为自己曾有的辉煌献上一次完整的回顾。接着，最后一段话，他这么写道："亲爱的兄弟，我很羡慕你走出自己的一条路。这个世界很公平，同时也不公平。"然后还是那句不变的结语："我在巴黎等你。"

Laurent口中公平与不公平的真正意思，我无从判读，也不想追问。在他一股脑地写了这么长的信息过来后，我只是静静地在键盘上敲下了回复："我目前的经济状况还不允许我飞到巴黎去只为了高谈阔论，我还在努力，但你知道吗，亲爱的兄弟，努力本身也是一首行走的诗。"

十　年

2012年，"默剧出走"回到台湾，从第一年三个月蜻蜓点水式的环台即兴演出，到第二年、第三年选定地点长期驻留，再到第四年、第五年开始尝试与小农、传统工艺、亲子、东南亚新住民等主题结合的在地创作——"一件事做十年，就是你的，谁也拿不走。”一位令人尊敬的戏剧圈前辈有次丢给我这句话。十年，我不确定能不能坚持得了，因为有些事其实与坚持无关，而在“势”——事情自身的轨道，像英文说的“run its course”（“顺其自然”的翻译则道家色彩过浓）。十年之约我无法订立，也从不高瞻远瞩，但每一年我都问自己“真的想做吗？”，每一年我都不遗余力地踏实地做了下去。

至今，“默剧出走”已走过台湾约五分之一的乡镇，过程中结识了无数当地工作者及艺术家，也从民众之中获取了许多珍贵的意见和反馈。这些是从前在剧场里无从获得的经验，是双脚踏进土地之中才能汲取的养分。

莺林街上的移动农场

武龙老师自己提出要求，画上了默剧白脸，准备与我一同在这条繁忙的小镇街上，展开他人生中第一次（有可能是唯一一次）默剧表演。

武龙老师是朋友的朋友，知道我们环岛演出预算有限，大方地把房间免费借给我住。武龙老师性格严谨，不苟言笑，住在他公寓的头几日我们基本上没有什么对谈的机会，何况他每日在“璞玉田”里忙着农活，我们只有晚上各自回家时才见得到面，聊上几句。台湾近年来对食品安全、食物里程和环境维护的意识渐起，而武龙老师的自然农法已经鼓吹和推广了十余年。他的家里摆满了瓶瓶罐罐，做着各种关于农作物的实验，如测试酸碱值及市售蔬菜农药残留量等，足见他对于这件事情的仔细与认真。

这天，我准备到镇上做最后一场即兴演出。出门前，武龙老师趁空与我寒暄，说他等会儿可以顺道来看看我的演出。到了街上，我先选定一处公交车亭当作露天化妆室，同时观察着周遭的环境，心里大概对等会儿的演出有个铺陈。脸妆化到一半时，武龙老师出现了。他只是坐在我旁边，静静地看着。然后，那个关键的句子就出现了。

“不然，我也来化一下吧！”武龙老师说。

我满脸惊讶，但头脑清晰，这么好的机会怎么可以错过？不给武龙老师反悔的机会，也不顾自己的脸妆还没完成，抓起笔就朝他眼睛周围画去。

在大陆那三个月的经验告诉我，有时候，在街头最有趣的表演，会是当地民众的参与。我喜欢那种没有经过任何表演训练的身体在化上默剧妆后，本能地根据他们对于周遭环境和人的熟悉程度做出反应的即兴表演。

上了妆的武龙老师有种奇妙的诙谐感：圆亮的眼珠，

也许因为紧张而瘪着的嘴唇，不讲究的发型。“我不会表演啊！”他开口说。

当下我憋住了笑，心想，竟然有人化完妆才想到自己不会表演。

“我们就演农夫吧，把这条街种满隐形的花草。”为了化解武龙老师初次“粉墨登场”的焦虑，我提出了建议，让他本色出演。

结果，接下来近一小时的演出，我看到了一个比我还有说服力的默剧表演者。武龙老师所有的动作自然、细致、专注，不哗众取宠，也没有过度修饰之嫌。来往的民众见到了一个画着白脸的农人（是角色也是身份）在水泥地上缓缓地栽种着瓜果，纷纷驻足欣赏。有几秒钟，我也看得入神，险些置身事外。

待武龙老师自行表演一阵子之后，我加入了他，模拟他的植栽动作，当作学习自然农法的第一步。然而，当我用默剧动作作势拉下裤子拉链，准备对老师栽种的花进行浇灌时，他赶紧用双手盛住了我的“好意”，并且迅速地将其泼洒至其他地方。人的便溺对于施行自然农法的植物来说，都是一种可能的污染——武龙老师用表情及手势这样教导了我。当下，表演变成了一种接收，一种在未知中的学习，而不是关起门来的径自给予。我拿起一把种子，故作气愤地将其种进老师的头顶，然后，戏剧的想象力开始迸发。武龙老师脱开了写实手法，跟着我一起进入对于他而言相对冒险的表演状态。

我们开始对着芎林街道上来往的学生、摊贩、行人，以及柏油路面、变电箱，甚至停下的公交车车体种下隐形的种子。有的行人莫名其妙，有的大方地随着我们想象，让种子发芽。互动之下的观众有的开始摇曳起身体，展现各自不同的生长姿态。我转身想给武龙老师一个鼓励，才发现他早已带着整座农场移动到下一个目标。一群初中生放学经过，武龙老师突然跳上前去，张牙舞爪，然后又故作羞涩，几个女学生惊慌失措地逃开了，有的则看傻了眼。看傻了眼的还有我，因为没料到武龙老师狂热的表演状态这才刚刚开始。

结束后，我情绪激动地询问老师方才表演的心得。谁知道，卸了妆的他面对着依然兴奋不已的我，只淡淡回了一句："还可以。"然后，再次变回了那个不苟言笑、谨言慎行的武龙老师。

阮金红

嘉义民雄保安宫庙埕，化着默剧妆的金红跟女儿正在演出一段在越南老家发生的故事——那天，女儿不小心掉入河里，险些被河水冲走。

排练初期，金红与女儿讲到这段故事时，不停地拌嘴，各自的版本出入甚大，妈妈说是女儿自己乱跑闯了祸，女儿说明明是妈妈叫她去河边洗手才不慎失足跌落。“而且我在河里面叫了很久，你们才听到哟！”女儿故作生气地指控，让金红笑弯了腰，最后只好承认：“我怎么知道啊！耳机在耳朵里啦，很难听得见外面在干吗。哈！哈！哈！”母女俩浓厚的情谊，朋友般的相处模式，为日后的这场表演定了调。经过默剧处理，两人既写实又具想象力的表演，刻画出专属于她们的微暖氛围。

越南籍的金红二十一岁时就通过中介嫁到台湾。速成婚姻并没有让金红得到幸福，丈夫的家暴行为和婆家的冷漠对待，让才成婚不到一个月就发现怀孕了的金红处在一种极度不安甚至危险的境地里。幸运的是，这段婚姻没有持续太久。金红后来带着女儿自食其力，直到遇见现在的老公，组成三人甜蜜的小世界。

在见过许多和她一样来台之后遭遇不公对待（最多的是婚后的家庭暴力）的新住民姐妹后，金红借由身为导演的老公的帮忙，拍了一部名为《失婚记》的纪录片，希望唤起台湾人对于新住民的尊重与认同。金红不但拍片，更热心于地方上新住民姐妹们的各项活动，希望通过组织活动凝聚力量，让同在异乡的她们无论境遇如何，都能找到一个相互依靠与支持的地方。每周，她们会在这个保安宫旁的活动中心内聚餐。来自不同国家，如越南、缅甸、印度尼西亚的妈妈们精心准备的料理简直就是东南亚美食节，生春卷、越式三明治、青木瓜丝沙拉、糯米粽子等看了就令人唾腺加速分泌的料理应有尽有。

“默剧出走”来到民雄，我花了五个礼拜的时间与这群姐妹和她们的儿女相处（也享用了五个礼拜的美食）。孩子们同时说着普通话、闽南语和母语，小小年纪就已经表现出了很好的语言驾驭能力，而他们的肢体很奇妙地也如同语言般开放、生动，不见怯懦与尴尬。几次的默剧课，母亲们都在一旁，有时加入互动，有时趁机聊聊彼此的近况，或是忙着包办课后的点心。虽然，我也不免好奇着，那缺席的台湾男人们呢？

默剧课最后一天的排练，除了金红的丈夫拿了摄影机前来支持拍摄，教室外出现了两个男人，他们不时往教室内瞅着——缺席的男人们终于现身。我大胆地邀请他们进来，两个男人推诿一番，拗不过妻子及儿女们的吁求，终于进了门。

“爸爸，你们来帮我们想想故事怎么接啦！”

“爸爸，你先帮我们拿一下道具。”

“爸爸，干脆你来演这个角色好了！”

几番话术过后，一位爸爸腼腆地拒绝了，另一位爸爸则操着闽南语直接回答：“我不会表演啦。”

正式演出的当天，金红跟女儿彼此化着妆，另一组则是淑卿与她的两个女儿，以及那个曾说“我不会表演啦”的台湾爸爸。最后，在保生大帝面前，两个家庭有了第一次共同的精彩演出。

听闻过许多新住民及外籍劳工在台湾的各种不幸遭遇后，看着这群可爱的姐妹连同她们的家庭落地生根在这片土地，用她们日常的方式串联起彼此的情谊，我深刻体会到一股微微的却坚强的正面力量从民雄这个小乡镇慢慢地发展起来。

记叶永志、少年与玫瑰

嘉义民雄表演艺术中心的男性公厕里，我哼着性感巨星玛丽莲·梦露那首50年代的经典歌曲《大江东去》。扭曲的上身躺卧在冰冷潮湿的白色瓷砖地上，双脚垂挂墙边，地板上的排水孔传来阵阵消毒水的刺鼻气味。观众挤进厕所狭小的空间时能听见我气若游丝地反复哼着“if you listen, you can hear it call（听啊，你能听见它的呼喊）”。他们脸上出现了纷杂难辨的表情，彼此耳语着。除了怪异姿势外，也许我的穿着与表演场域里的摆设——黑丝袜、裸上身、一条被褪去的内裤、一条白色新娘礼服吊挂半空——对前来观赏的民众而言多少造成了难以应对的不适感。

2000年，就读初中三年级的叶永志被发现倒卧于学校厕所的血泊中，死亡。从小，女性特质明显的叶永志，无疑沦为校园性别暴力的牺牲品。同学的霸凌威胁，让他只敢用下课前几分钟的时间向老师请求准许去上厕所，以躲避同学可能的欺负及讪笑。这天，叶永志一如往常地在下课前离开教室，但一桩至今无解的悲剧就这样发生了。

叶永志的新闻事件，常常在我脑海中出现。有那么一段漫长的时间，“娘娘腔”“sissy”（胆小鬼、女人气的男人）的称号伴随着羞辱经常出现在我的生命中。小学的班级同乐会，老师提议大家演《神雕侠侣》短剧。在老师推选了班上最帅的男同学饰演杨过后，我自信满满地举手说自己能够胜任小龙女一角。老师说：“你是男的，只能演神雕。”中学时，几位行径乖张的同学每每在我要走进厕所前把我拦住并推到女厕，笑喊着说：“滚到隔壁去！”

决定在这样的空间做这出戏，是想通过表演，以自己的方式纪念叶永志和曾经的自己。我没有在节目单及对外的宣传上提到这件事，甚至我用了爱情元素去包装它，哼着《大江东去》，以掩盖那个残酷又悲伤的故事。演出中，我从地上缓缓起身，穿上那件被人褪去的内裤，用自己柔美的躯体开始在充满异味的厕所里舞动，感应式小便斗是我的乐队，观众是我的来宾，我喜悦地预演着自己的婚礼。事实上，它不过是一场家家酒，“玫瑰少年”的家家酒。

我猜想着，如果叶永志的魂魄回返，在那间染血的厕所，他会说什么？说他想说的，做他一直勇敢在做的“不符合社会规范与期待”的事，唱他喜欢的歌，去表露对周围的人的体贴？也许有一天，去妩媚，去爱人；也许，有一天，去指控，勇于面对那些施行暴力的人和那些旁观者；去活着，呼吸之中不带一丝恐惧。

这些话，其实，我也不断对自己说。

参见田都

“默剧出走”来到南台湾最具历史文化底蕴，美食也最为丰富多元的昔日府城——台南，一待就是三个月。这段时间里，我主要探究台南的庙宇文化，一间宫庙一间宫庙地跑，探寻每间庙的历史、逸事，记录其祭祀的礼规仪典，然后尝试找出一个创作的切入点作为演出的主轴。

然而，在台南，要进到庙里办正事，需要面临的一个重要考验就是——你必须先抗拒得了周边发展出的琳琅满目的台南小吃。要进武庙，就要先抵抗得了武庙肉圆米香、肉香、酱香的引诱；台南特产虱目鱼粥在广安宫旁飘香，鲜美汤头、入口即化的米粒再加上我最爱的煎鱼肠，总是让人魂牵梦萦；水仙宫市场的米糕、鳝鱼意面、锅烧意面，更不用说保安宫周边的虾仁饭、猪心冬粉、浮水鱼羹……层层关卡，叫人怎能全身而退？

“默剧出走”每次途经台南就会变成居留，一个星期就会变一个月，一个月就会变三个月，不敢以此类推。所以这里也成为我创作最丰沛的地方（体重亦然）。

为了搜集创作素材，我骑着摩托车跑来位于台南与高雄交界的小镇阿莲拜访一个相当知名的偶戏团——锦飞凤傀儡戏团。热情的薛团长见难得有人对田都元帅的研究感兴趣，不藏私地拿出他从泉州带回并珍藏着的整部田都元帅傀儡剧本和稀罕的演出影片。田都元帅傀儡偶的身体与步伐阵型成为我后续创作重要的依据。

据说田都元帅是唐朝人，原本是个被生父丢弃在田间的弃婴，幸得田里的鸭子哺育、螃蟹以涎沫喂养，后被一

农人发现并抚养长大，取名为雷海青。雷海青天资聪颖，喜好阅读，过目不忘，可是长到十八岁都未曾开口说话。他精通音律，尤其擅长弹奏琵琶。唐玄宗设教坊、选乐工，年纪轻轻的海青被选入梨园。相传，玄宗有日梦游月宫后得一仙乐，醒来遍寻能辨识之人未果，此时十八年从未说话的雷海青竟然开口（套路之深）："此乃《霓裳羽衣曲》。"并现场按谱弹奏了出来。玄宗大悦，赏酒三杯（成年饮酒，但不幸醉倒）。安史之乱，安禄山攻陷长安，逼玄宗奔蜀，并于来年大宴于洛阳。宴席间，安禄山命令被俘虏的百名梨园子弟以歌舞为其庆祝，雷海青不从，怒而将琵琶砸向贼子，最后遭安禄山斩处。相传名将郭子仪与叛军对战时，雷海青显灵助阵，天空显现雷字旌旗，但上半部被云遮住，只见田字，即为雷海青被加封为田都元帅的由来。一般南管、歌仔戏、皮影等民间传统戏班会奉田都元帅为戏神。

"各位亲爱的乡亲朋友，大家午安，大家好，"从吊挂在小区电线杆上的喇叭传出来的是翰林院庙公的声音，"今天下午4点，在翰林院庙埕，有台北野孩主（子）剧团带来的默记（剧）演出。欢迎乡亲朋友前来观赏。多谢。"这位操着浓浓台湾腔普通话的庙公，这段时间以来接受了我无数问题的叨扰，却始终保持着南台湾人特有的热情与善良。每次听到他把“野孩子”念成“野孩主”，“默剧”变“默记”都令我发噱。翰林院的历史最早可推至清同治九年（1870），由先祖从福建兴化县田府元帅庙祈求香火携带渡台而创立。近一百五十年的历史在这座小庙里浓缩，除了保留下来了全台唯一作为庆典演出的《草鞋公》艺阵外，还有目前四代同堂家庭慈爱和乐的画面。在翰林院内外排练的一个月期间，九十八岁的老奶奶和四岁的曾孙时常出现在我的身边。他们对于默剧不了解，但对于一个体型圆胖的外来人灵活的肢体可是欣赏万分，老奶奶会大方地向我伸出大拇指，四岁的小娃则每次看到激动处就笑得人仰马翻，全然成了粉丝。

下午4点，小区竟然来了近百名观众，庙公事先准备的塑料红椅远远不够应付，但观众倒也自在，席地、倚墙、坐在摩托车上，怎样都能找到舒适的观赏状态。演出开始，我穿着桃红色布衣从庙里走出，踩着从傀儡戏模拟而来的步伐阵势，以倒叙的方式演绎田都的传说。

三十分钟的演出，由默剧加上民乐即兴伴奏组成，结束后，庙公拿着麦克风，用他独特的腔调说着：“吼！偶棉（我们）第一次看默记（剧）啦，有些地方看不懂，你要跟偶棉（我们）解速（释）一下啦。”最后，观众热烈地提问和庙公穿针引线地加批注，让这场表演的演后座谈比演出时间还要长，超越了预期停留的时间。我想，这就是外地人的台南症候群。

你是不是看到了魔鬼啊？

Ina（阿美族对女性长辈的称呼）Arik从她的古法纺织器上歇手，眼睛眯成一弯新月。“那我们就开始吧！”她说。

第二年的“台湾小角落”，我选择在花莲临海的港口部落驻地两个月。这是去年在此地与Ina短暂地学习与交流后，给对方与自己的承诺。此外，也希望第一阶段蜻蜓点水式的“默剧出走”可以有后续的发展及延伸，让自己与当地居民的联结更深入。去年，因为花莲当地朋友Panay姐姐的引荐，我来到这个离市区要坐两小时客运的阿美族部落。抵达时已过傍晚，部落里刚用完晚餐的老小习惯性地都到了村子的广场上。老人家们坐在从各自家里搬来的塑料小椅子上围着闲话家常，孩子们也三五成群东奔西跑地找乐子。在Panay姐姐的安排下，我们准备给部落居民一个惊喜，于是我上了妆，从广场边慢慢地以默剧肢体渗入众人的视线里。港口部落向来不乏艺术家，但这样的默剧表演完全是头一遭。很快地，一连串的笑声与惊呼声便让广场的气氛热络起来，孩子们更是兴奋地随着我的动作做出令众人出乎意料的即兴反应。我玩弄着隐形球，他们就自己对着空气设计出各种不同大小与重量的球体与我比赛；我变成鱼，他们有的就张大嘴巴示意要吃掉我。孩子们肢体的灵敏度与想象力完全表露无遗。一时之间，广场上就像是有十来个默剧演员在表演一样，场面相当盛大。

当天晚上，我住在Ina Arik自家的民宿里，但因为广场一役体力消耗殆尽，回房间后，才听着窗外传来的海浪声没几分钟，便睡得不省人事。隔天清晨，才走进客厅，Ina Arik便瞪着眼，语气相当正经且严肃地问我："尚德，你昨天在表演时，是不是看到了魔鬼？"

"魔鬼？"背脊扫过一阵凉意。"Ina，我是看不太到那种东西啦。还是你……说的是昨天那些绕着我玩的小朋友啊？"Ina真爱开玩笑，希望是开玩笑的吧！

"不是！是真的魔鬼！"Ina刻意加强了语气，没在跟我开玩笑，"不然你的手为什么一直在空中抓法器？"

真相大白——原来，平常以编织、农作为业的Ina曾是部落里的祭师，在我以默剧凭空形塑对象的同时，她却看到了祭师舞的影子。在我的请求下，Ina做了几个示范。果真，祭师舞里诸如举杖、洗涤的动作，因为都是随着

手与身体在空中摆动而凭空生成，说是默剧也不为过。当天的早餐时刻莫名其妙地就变成了祭师舞与默剧的交流大会。Ina会先示范一套动作，然后问："尚德，你来做会是什么样？"当我在示范时，Ina聚精会神地看着，不断说着："太美了，我也要用默剧的动作来试试看。"就在这一来一往之中，一段美好的交流于是开始。

一年之后，我又回到港口接续祭师舞的学习，而Ina则仍旧兴致盎然地要我教她默剧走路、拿物，甚至各种脸部表情的变化。每天早上在静浦部落的Panay姐姐家醒来，吃完她和一哥使用当地食材或是亲自下海捕捞的鱼贝海鲜做的丰盛早餐，打过饱嗝后，我会骑着摩托车到Ina家，Ina总是安静地坐在门口用阿美族的传统古法静静地编织着。然后，不疾不徐地，她会将手上的工作暂告一段落，放下那台木制的纺织器，起身对我说："尚德，那我们开始吧！"

月洞传说

"我家的老婆是别人丢下的，我把她捡起来，咿呀喔嗨呀！"在花莲市的Wata空间演出结束，回程的客运车上，大家都发了疯。六名静浦小学和港口小学四年级、五年级的孩子经过一个月的表演训练后，正式汇报了他们的三段默剧小品；演出结束，压力释放，他们把客运当自家卡拉OK（司机还鼓励他们唱大声点），用他们熟悉的阿美族曲调填上新词，情绪亢奋地唱着。自编的歌词把原住民欢庆时百无禁忌、信手拈来的个性展露无遗。我和Panay姐姐无奈地对视而笑，知道这是孩子们自娱娱人的方式，虽然唐突，但确实减压。

回到部落后，我连忙赶到项链海岸，准备晚上的演出。原本担心着前几日气象预报说的已在外海形成的台风可能直击台湾东部，没想到台风未成气候，只带来了阴雨不定的天气，刚好把连续两个多月的高温暑热暂时扑灭。这几天的实地排练，包括今天的正式演出，皆气温怡人，太阳偶尔从云中探头，连Panay姐姐都惊讶地说，Namoh，有你在天气都那么好。

Namoh，是我在港口部落老人日托中心给一群Ina上表演课几个星期后，她们决定送给我的阿美族语名字。名字本身并没有什么确切的寓意，单纯只是因为“Namoh”读音听起来像“那么好”——Ina们对我的评价。

项链海岸的演出《月洞》是根据当地一个部落传说改编的。石梯坪有一处钟乳石洞穴，洞穴内的湖水会随着月亮盈亏涨退，故得名“月洞”。相传从前部落里有个患麻风病的女孩，因为被族人视为不祥之兆而被赶到洞穴里，只靠着家人暗中的接济过活。每日，女孩用月洞之水洗涤身躯，没想到麻风病竟因此被治愈。月洞之水也从此被部落视为祛病解厄的神圣之水。

我将这个故事做了改编，并且将Ina Arik教给我的祭师舞的舞步和手势融合进默剧肢体里。Panay姐姐的男友一哥多才多艺，不但上山下海捕猎、种稻，还是个杰出的乐手。因此，他自然被我网罗至这个演出之中，成为音乐设计和现场伴奏。最后，我将演出搬至名为项链海岸的大型礁岩上进行，这个大胆的设计马上引起高度关注，部落里的人都翘首以待，想看看这个“那么好”到底在玩什么把戏。

项链海岸由几座大型且邻近的礁岩组成，相传由古时候阿美族勇士遗落在海里的项链而得名。然而礁岩立于海中，礁石尖锐多刺，基本上没有人愿意爬上去，更遑论在上面表演。而这等“遑论”的事就偏偏是我最喜欢挑战的。演出的场域以正中间的礁岩为主，礁岩上搭建着两簇篝火作为照明，而礁岩与海岸间的水域则埋了数把水中手电筒。光源不足处，则由Panay姐姐负责以远距手电筒补光。一哥的乐手区定于另一处较平滑的巨石上，我和他以大自然为席，衬着入夜后的黑色天幕为背景，等待演出开

始。岸边来了众多部落的居民，以及从其他地方特意前来欣赏的观众。太平洋吹拂而来的海风和着海浪声，连刚过中秋数日的月亮也从乌云后方探出头来。这时，Ina举起酒樽，将小米酒洒落尘土中，敬祖灵与四方，然后哼起阿美族古调。Ina的声音浑厚、动人，古调的音律悠远，连与她相距百尺，坐在礁岩上等候的我，都感受到了一种天地相合的能量。接着，一哥的鼓声缓进，《月洞》演出就这样揭开序幕。

这是个天、地、火、海与我们共同交织完成的作品，身在其中，愈发对人与自然的微妙关联感到不可思议。演出结束，我带着满身被礁石划过的伤痕，走过及胸的海水，向岸上的人群走去。我以为，那个传说中靠着月洞之水治愈了麻风病的女孩，摒弃过去所遭受的蔑视和可畏人言，最终还是要回到人群里，因为那才是她真正的修炼场。

最好的妈妈

“妈妈！你是最好的。最好的！”

小男孩抓住母亲大衣的一角，从围观的群众中挤出去；刚离开，稚嫩却洪亮的哭喊声便传了开来。“妈妈！我以后不敢了。你不要走……”男孩几近哀号的声音中断了我在台北街头进行的表演。我停下来，朝着刚被挤出一道缺口的群众的方向望去，小男孩的手几秒钟之间就被母亲从自己的衣角上扫下来数次。“要喊多少次你才过来？我没时间跟你在这边耗。这么不听话的小孩我不要了。”母亲决裂般的话语是一把锋利的剑，把小男孩震慑在戛然而止的动作中，剩下惊慌的眼神四处飘移，不知所措。

这名五六岁的男孩大概从我表演一转进巷子后就跟上了围观群众。即兴默剧表演时，场域里的人、事、物会成为我观察后的演出元素；小男孩出现时满脸好奇的表情，让我当下便决定即兴化成一条鱼朝他游去，又挤眉，又嘟嘴，把他逗得开怀大笑。孩子恣意的笑声总能柔化观众们脸上的棱角，大家的表情瞬间也跟着改变，有种卡通感，相当迷人。然而，好景不长，男孩气急败坏的母亲进场时，场域里的氛围一下子便焦躁了起来。母亲一手提着购物袋，一手拽起孩子的袖子，二话不说便往外拖。孩子被拽疼了，手一挣扎，用力过猛，反而把自己甩倒在雨后潮湿的地面。母亲一言不发，瞪了孩子一眼便径自向前。围观的观众帮忙把孩子扶起时，男孩母亲突然转身，一连串情绪激烈的话语随口扫射而出。

2015年，我曾和儿童福利联盟合作了一个防范言语暴力的街头实验短片。一样在台北闹市，我们摆了一把空椅子，上面有个告示，写着“欢迎体验”。当好奇的路人选择坐下后，数个演练过的演员便轮番上阵，对着座位上没有一丝心理准备的参与者抛出“养你不如养一只狗”“丢人现眼”“你是猪吗？这么简单也不会！考这么烂，以后能有什么前途”之类我们在成长过程中或多或少从同学、老师甚至父母等长辈口中接收到，或我们自己也曾脱口而出的字句。参与者中，有个女孩在测试进行到一半便示意我们停止——那些从她耳边掠过的字句刺痛了她：“我的成长过程中，真的遭受过这样的暴力对待。”另一名四十几岁的男性测试者则回应：“这种话我现在这个年纪听到心里还是会刺痛，更何况对小孩而言，真的是可怕的伤害。”

“妈妈！我以后不敢了。你不要走……”从地上被众人扶起的小男孩紧张地又跑又跳才抓住母亲的大衣；而当母亲再次拨掉大衣上的小手时，男孩竟然歇斯底里地哭喊着：“妈妈！你是最好的妈妈！你是最好的妈妈！我错了！你不要走！”然后迅速地消失在我们的视线之中。

我停下所有动作，不知如何是好，然后深刻地感受到“表演”的意义和它的无能为力。

后记　母亲的终站

2012年5月，“默剧出走·台湾小角落”抵达母亲的故乡南投秀峰。过去一年的时间里，母亲的模样因病从一贯的盛气凌人快速消退成孱弱萎缩的状态，性格倔强的她不顾医生的劝诫，还是喜欢趁着印佣莎莉不在时，自己任意走动。某天，我打电话回家向母亲询问小时候阿嬷家的三合院及舅舅的住处，话筒另一端的母亲听起来身体状况良好，母亲说三合院早就不在了，但阿舅住的地方在一间很大的庙附近，问人就可以了。隔天，依照指示，我开着车顺着秀峰的山路走，果然找到了那间武圣庙，向邻里询问做茶的姓苏人家，附近的阿公马上向旁边岔出的小路上的几栋平房处指去。

走到连栋平房，再问了其中一户人家，原来阿舅上台北去了，家里没人。我悻悻然离开，在车上连拨了几通电话回家，都无人接听。直到晚上，莎莉才急忙接起话筒：“先生喔，阿嬷摔倒了。中午我去买菜的时候，阿嬷自己去厨房开冰箱，然后往后摔倒了。我回来的时候看到阿公坐在椅子上一直指后面，然后我到厨房一看，吓死了，阿嬷躺在血里面，她头撞到了地上洗衣槽的那个角，流了好多血。刚好外面有人按门铃，有一个说是阿嬷的哥哥的人来家里，后来他就帮忙叫救护车……”

我在秀峰没有找到的舅舅竟然这么巧合地跑去了台北，他原本想要探访久未见面的妹妹，却刚好及时救了她。然而，当莎莉挂上电话，我脑海中浮现的是躺卧在血泊中的母亲的脸，她当时在想什么？感到无助吗？她知道自己离死亡不远了吗？

这次意外后，母亲的身体每况愈下。整个夏天，她已经无法自主行动，除了定期的化疗，多半时间就躺在一楼的沙发上。莎莉必须照顾行动不便的父亲，于是夜晚，大姐和我就睡在一楼客厅地板上，就近照顾母亲。节俭成性的母亲从来不喜欢我们开冷气，我们曾笑称家中的空调只是装饰，如今却整个夏天开着，母亲似乎已无暇兼顾。病痛之中的母亲始终皱着眉头，我常常只是坐在她身旁，不知如何开口，其实是不知道该说些什么。搀扶着她上厕所，母亲还顾忌着身体的禁忌，总要我在门外等，直到最后，她连如厕也无法自理，包上了成人纸尿布。然而，那段日子，是我与母亲最亲近的时候。

9月29日，我应“TED × Taipei”年会之邀，在台北华山艺文特区做了一场十八分钟的演讲，与会讲者中有当时云门流浪者计划的口试评审蒋勋老师，以及我十分尊敬的心灵讲师赖佩霞，能与他们两位同时受邀为讲者，我倍感荣幸却也战战兢兢。十八分钟的演讲获得了台下的掌声和许多人当面的鼓励。会后，坐在演播厅外的阶梯上，佩霞姐经过，对我做了个“赞”的手势，并给了我一个温暖的拥抱，我知道自己坚持的事情渐渐有了回响。

30日，在板桥亚东医院的病床旁，我站立良久，母亲睡着，我想跟她分享昨天演讲后的喜悦。等着母亲终于缓缓睁开眼，我却发现要跟母亲开口讲话竟是如此困难，连叫一声“妈”都需要在心里不断鼓励自己提起勇气。

“妈！”我终于开口，只是这声“妈”喊得如此薄弱。“妈！我昨天演讲很成功。”一个字一个字生硬地从嘴中挤出来。

母亲张开嘴似乎想说什么。我贴近她的身体，却只听见母亲的气息。

“很多人给我鼓励。”我强忍鼻酸，这句话从我干涩的喉咙轻轻吐出。母亲再次试图张开嘴唇，然后，我听见她说：“很好，很好。”

伴随着这两个简短重复的字词，母亲给了我一个笑容，然后又沉入睡眠之中。

这个笑容，是母亲送给我的最后的礼物。三天后，深夜2点多，我突然从睡眠中苏醒过来，裹着棉被，眼睛瞪着天花板，电话声突然响起，划破了寂静的夜。母亲病逝医院。

母亲的笑，结果成了我“默剧出走”最大的动力。那个笑，是我和母亲失落了几十年的东西，在我们剑拔弩张的关系里，是我们面对各自的痛苦与孤独时，都失去了的本能。随着“默剧出走”在台湾各地驻点演出，每每看见我的表演在观众之中触发的笑容，我仿佛都可以见到母亲的笑容。笑容，只是嘴角上扬这么一个简单的动作，可是它被我们埋在多么深厚的自我防御围墙里，我们常常都忘了，笑容，其实是最有力量的语言。

5 再见野孩子

孩子是生命对自身渴求的儿女

…………

你们可以庇护他们的身体，但不是

他们的灵魂

因为他们的灵魂栖息于明日之屋

那是你们在梦中也无法造访的地方

——纪伯伦《先知》

那一刻，我看见了十二岁的自己，

我们各自走了多么漫长的一段路，

终于来到彼此的面前，

脸颊上有泪水，身体满是伤痕，

我们不断失去也不断获得生命里宝贵的东西，

我们相见，终于，互相拥抱，

然后，在转身离开前，

彼此给了对方最深刻也最巨大的祝福——

原谅。

来自翔平的清明节祝福

姚老师，您好，我是翔平。

希望您早一点回来。我非常非常想您。我有您的一张相片，我寂寞或者不高兴的时候，会把您的照片拿出来看，或者做一做摸玻璃、拉绳子的默剧动作，我就高兴了。我一生最难忘的是您。每当我做起这些动作时，好像您在我身边一样鼓励我、看着我。

祝您清明节快乐，

开开心心，笑口常开。

2013年4月

从台湾志工冠婷手中拿到广西的翔平转交的信，品质不太好的信纸被翔平的笔尖踢出了许多坑洞。孩子的话语让我又哭又笑，翔平所谓的“一生”指的就是他十四五岁的年纪吧，而最后的“清明节快乐”，更是突兀地令人发噱。看信中笔墨滞顿的痕迹，可以想见这孩子下笔时多么费心和谨慎。家园里一百多个孩子，习惯了写感谢信、欢迎卡等制式文字，在师资不足的情况下，侧重群体约束及一致性，孩子的个人意见通常容易被隐没。

从上次到爱心家园至今已过半年，半年来，每次跟翔平、贵山，以及其他孩子通电话时，我总喜欢问他们："那你的感觉呢？""为什么？""这是你自己的意见吗？"孩子突然间面临的是必须从群体之中独立出来，以一对一的方式与我对话，电话那端因此经常性地出现短暂的空白，不然就是"我不懂"或是傻笑回应。翔平是"我不懂"之王，贵山则专精傻笑。所以，重复阅读这封短信时，我内心泛起了感动。

翔平母亲早逝，留下四名子女，翔平排行第二,一家的重担因此落在翔平的父亲身上。大山里生活条件不好，父亲只能靠打杂工赚取基本生活所需。被送到爱心家园的翔平性格孤僻，独来独往，在重视集体行动及秩序的家园生活中，因此显得格格不入。老师们曾提醒我翔平潜在的劣根性及他对各种事务的漫不经心，但我对这个孩子却莫名地感到亲近，因为他有我青少年时的影子，我似乎能一眼看透他的举动及思维。

"姚老师，你上次不是要我编一个故事嘛，我编得差不多了。您要听听看吗？"翔平在某次通话时讲述着一个肚子饿的囚犯在牢房墙角发现一颗豆子，吃了豆子之后他开始神游宇宙，见到了巨人、美食及很多奇妙的生物的故事。长途电话费不便宜，我一边听着翔平努力建构他这个综合了《爱丽丝梦游仙境》《魔豆》，也许还加上了卓别林《摩登时代》默剧版的故事，一边看着时钟，这几个月来电话费有点爆量，我得克制一点。故事在典狱长进来打破囚犯的美梦处中止，翔平说："我还在想典狱长到底要不要出现，还是那个囚犯就逃出去了。"原本时机刚好可以抢回发言权，早早结束通话，但我还是不免提出疑问："那他到底是在做梦还是真的通过那颗豆子实际到达了奇幻的地方？""是嘛！我不懂。"翔平的回应，又继续增加了十几分钟的电话费，我们围绕着梦与现实的差异，以及在默剧里可以表现的手法开始讨论。

抽象的概念对这群大山里的孩子而言是陌生的，梦想、单调、丰富，甚至连挫折在他们的认知里，都是极其薄弱甚至不存在的。对这群孤儿、单亲或留守儿童来说，生活就是如此，至亲过世、消失或远在他乡，独留他们在这个家园，一切，都只是生活，甚至连命运（认命、逆来顺受）的概念都没有。他们已经在这样的状态里生存了比我所能想象的还久。如此细想，翔平的"一生"的确超越我们对十四五岁的年龄拥有的一般认知。我不喜欢在电话里询问他们的过去，但有次翔平自己也许是说漏嘴地提及了父亲进城卖血换钱的事。我想追问，翔平便赶紧改口说没事，然后绝口不再提起。在贫困的边城里，艾滋病和性病流行的情况是可想而知的，大化地方政府宣传卖力，在镇上或乡野常常见得到相关的宣传字样及活动。然而，不争的事实是，大山里穷困的居民走投无路时，卖血成了最快速而简便的赚钱方式，而一些非官方的地下献血站的卫生条件及安全性，就成了令人担忧的问题。翔平突然缩口，也许是觉得不光彩，也许是怕给父亲惹麻烦。

提及为默剧演出编写的短篇故事时，翔平的声音听起来自信得多，面对我针对几个点提出的问题和可以发展的方向，他开始有了自己的想法和坚持。在老师们眼中固执不堪的孩子，倒是在这个时候将这个特质发挥得相当具有说服力。翔平对于编写想象力——无论文字还是肢体——的热情慢慢地展开。志工冠婷曾向我转述自去年我教了孩子们默剧后，翔平持续演练的情况：有时他躲在家园的角落重复着默剧练习，有时他会在家园其他孩子面前表现。一次，他跑进厨房大声地对冠婷说："我最爱默剧了。"冠婷转述时，我嘴上笑这傻孩子是因为他还没接触过其他东西，但又替他那声自我宣言感到欣慰，在这么多孩子之中，他开始了自我寻找的道路。

把清明节祝贺短信再次阅读一遍，我拿起电话往海峡另一边打去。果真，要找到翔平来接电话，通常都得听见话筒那端好几声呼啸般的呼唤，然后静默等待，他才会从家园的某个角落被找到，然后跑来接电话。

“姚老师嘛！您今天有表演吗？”

“啊？怎么了？”

“就问问嘛。那您前几天表演了吗？”

“啊？”

“清明节没有表演是吗？”

“啊？清明节为何要表演？”

“喔。那您清明节快乐吗？”

好考验人EQ的“平式思考”，我向话筒叹了一口气：“唉，蒙翔平先生，我想先问你，你知道清明节是干吗的吗？”

“知道啊，就死人的节嘛！”

“呃，那‘清明节快乐’，你不会觉得怪怪的吗？”其实，读着翔平那封短信，我无可避免地想起了母亲。几天前，和家人到母亲的灵骨塔位祭拜上香时，我极度克制自己的情绪。

“死的人快乐，活着的人不是更要快乐嘛。”电话那头翔平的声音传来，斩钉截铁，理所当然。我无以反驳。是啊，孩子说得没错，这么简单的道理，怎么我还不能领悟呢？

“喂？姚老师你还在吗？喂？”

“在。翔平，你刚刚说得很好。活着的人更要快乐。你说得很好——”我稍微整顿思绪，“翔平啊，你上次的故事写得怎么样了？”

“姚老师啊，你还会来吗？”

“啊？先回答我啊，你上次的故事写得怎么样了？”

“喔，故事吗？一般。”

“‘一般’的意思是没继续写、没有想法，还是觉得写不好？”

“你还会来我们这里吗？姚老师！”

虽然“鬼打墙”，但我已经开始习惯了“平式逻辑”。“你希望我去吗？”我问。

“来嘛！来了你也不会损失什么，我还可以学默剧。”

哪儿来的一堆鬼话！

贵山的信任

暑假，大大小小志工团队及公益组织进驻爱心家园，替孩子们带来物资及暑期活动。4月份和翔平及贵山通过电话后，我便决定再度前往大化的爱心家园，这次打算待上一个月，希望可以借由默剧表演教学，替家园的孩子带来一点不一样的刺激。

6月20日，飞机抵达广西南宁，再转搭两小时客运，待左右两侧山坡上错落的桉树群开始映入眼帘时，大化镇便在前方。桉树是大化瑶族自治县的经济作物，是造纸及炼油的重要原料，其生长周期短，平均五六年便可以砍伐。然而桉树跟台湾的槟榔树一样，根须不够深长，抓地力不足，无法涵容土壤水分及养分，也无法与其他植物共存，因此，不但容易让土地贫瘠，对水土保持也会造成很大的危害。但相对经济产值而言，环境保护往往是被牺牲的那一环。

抵达大化镇上，入住与去年相同的宾馆，放下行李简单梳洗后，我便急着搭上最近的一班公交车，向孩子们新就读的龙马小学前进。去年年底，身为公办教育支点的爱心家园突然被撤销这项资格；政策改变，让原本可以直接在家园内正常就读至小学四年级的孩子们被匆促地安排至距附近二十分钟脚程的小学就读。跟校长打了招呼并说明来意后，我坐在简陋的办公室内开始上妆，想象着一年未见的孩子们不知道等会儿下课再次见到我这张白脸会有什么反应。一年前，我画了白脸、披挂着深蓝色长布，在家园附近的矿山顶上给了他们初次见面的惊喜（或惊吓），贵山说：“哇，本来以为只是一块布呢，没想到竟然动了起来，吓死人啰，我还以为是那个什么伏地魔呢！”

手摇的下课铃声响起，我正要往办公室外移动，就被几名早已听闻风声前来观望的低年级同学围堵住。很快，校园泛起一波波尖叫嬉笑，我的四周顿时挤满了好奇的孩子们。我试图从几乎全校出动的学生中辨识出家园的孩子，秀萍、姗姗、天德、天明、艳妮、翔平……翔平的兴奋之情完全写在脸上，摩拳擦掌地想要跳进表演场，向我展示这一年来他锻炼的身手。只是，我的目光却转移到人群之外一个脸上堆着尴尬笑容观望着这一切的男孩身上。

男孩与我不小心对到眼，连忙闪躲，转身便逃入篮球场上打球的同学们的队伍中。那个老爱用怪腔怪调喊着“任何情况下，发型最重要”的贵山，两周前才通过电话，为何变得如此陌生而且反应古怪？莫非一年前对他说的谎言他仍耿耿于怀？当时，我在家园的默剧课程结束后，必须先行返回台湾，因此不愿意跟孩子们说再见，以免引起不必要的情绪纷扰，怎知听到消息的贵山突然冲至门口，紧紧抱着不让我走，仓皇之下，我欺骗他说“明天会再回来”，然后几乎是将他环抱着我的双手扯开。如今回想，当时的举动对一个十三岁的孩子而言未免太过残忍。回台隔天，我马上打了电话回广西，充满愧疚地希望跟贵山说声抱歉。家园负责人班老师帮我叫了贵山到电话那端，孩子只怯生生地说了声“姚老师好”，之后便不再言语。我赶紧对他说抱歉，也说了当时自己的恐惧，见贵山没有回应，我将话题转往其他地方，怎知孩子只是有一搭没一搭地应答着，有时甚至落入长久的沉默。

“那……贵山啊，你把电话交给班老师好了。”别无他法，我只好沮丧地结束跟贵山的对话。孩子迅速地就消失在电话那端。

“班老师吗？欸，贵山是不是还在生气啊？他不太理我。”

“咦？会吗？姚老师，您刚刚没听出来吗？贵山从接过电话后就开始哭，他可能还怕您听到，所以一直把头离开话筒偷偷擦眼泪。”

我的心一沉，自己的粗鲁行事竟然引起这个孩子这么大的情绪反应。

这年里，大约每个月我都会给孩子们打上一两次电话，过程中，贵山慢慢地敞开心扉，开始在电话里跟我聊些家园及学校发生的事，我的表演工作也让他很感兴趣。好不容易建立起的对话管道，不知为何现在真正见到面了，他似乎又把它切断。

上课铃声响了，表演结束，孩子们纷纷被校长催促着回教室。我一个人在办公室卸了妆，等待最后一堂课结束，陪孩子们回家园。中低年级的孩子们刚转来小学就读，很快便适应了新的集体生活，倒是像贵山、翔平几个五年级的孩子，由于早已习惯家园的生活模式，每逢中午休息，即便需要二十几分钟的路程，还是坚持回家园吃饭，然后跟学前班的弟弟妹妹打闹一下；女孩子们则乖巧地帮班老师处理些家园琐事，然后大家再一起走路回学校接着上下午的课。电话中，班老师常跟我提到这些孩子的懂事及乖巧（也许除了翔平以外），事实上，家园的孩子真是如此。大化镇上有个面摊老板娘，总是称赞这群吃完面会帮忙收拾餐具及桌面，而且行礼如仪的家园孩子。

放学铃声终于响起，也揭开了暑假的帷幕。孩子们全都聚集到校门口，由高年级同学带领，一起排队回家园。刚一离开，几个活泼的孩子很快地就打散了队伍，走到我身边来问候和闲聊。不知道是营养不够均衡，还是瑶族本身基因所致，家园的孩子们一年未见，在外形及身高上似乎没有什么改变。我转头望向独自走在最后，仍然一脸尴尬别扭的贵山：瘦弱身材依旧，他最在意的头发也依然枯黄。孩子们抄近路，推开了一处树丛，相继爬上了水田边的小道，小道有时上坡，有时泥泞，只见这群孩子个个身手矫捷，谈笑风生，还哼着最爱的小虎队的《红蜻蜓》。家园公认最懂事的男孩冠元处处提醒着我要小心，帅气的脸庞有着别人没有的自信与责任感。五年级的冠元是家园的水电工，房子简单的修缮工作他全都包办。聪明灵巧的姗姗走在我前方，长长的马尾辫甩啊甩，比她粉红色书包上迪士尼公主的金色卷发还要美丽动人。我刻意慢下脚步等着贵山追上。

“贵山啊，你还认得我是谁吗？”

他只是瘪嘴笑着。

“没想到我们几天前才通过电话，你就忘了我。我是‘苏有朋’啊！我们都已经长大，好多梦还在飞，就像童年记忆中红色的蜻蜓——”我从方才孩子们的歌声中临时抓了几句也不知道对错的歌词，搭配手势唱了起来。

“姚老师，真搞笑。”贵山侧过头笑着，还是不敢直接面对我，但去年那个熟悉的孩子身影及说话方式渐渐回来了。

“那你说，刚才在学校，为何不理我啊？”

“没有。”

看出他些许的困窘，我没有继续追问。“我要在这儿待一个月，这个月我们来干些什么有趣的事吧！”我接着把离开的确切日期刻意说了出来，也许，这会让彼此都有个心理准备。

贵山突然低下头继续走着，我有点受到打击地以为那个刚释放出来的熟悉身影又要缩回去了。他突然伸出手轻扣住我的右手臂，接着微微抬起头看着我。“姚老师啊，听说，嗯……”贵山有点犹豫，“你的妈妈过世了啊？”

夏日的山区田野风光明亮，左边矿山上的绿树茂盛，孩子们指着绿色之中一个凹陷的黑色洞口说着他们曾经的探险。“那里面有坟墓……”“还看得到骨头……”“吓死啰，我再也不敢去了……”“听你们说哩，谁证明那是人的骨头……”“晚上，你去看，会有鬼火……”孩子们争相说着各自关于黑色山洞的版本，广西多矿山，家园有些孩子的父母或亲戚就是在矿灾中罹难，山洞里有坟有骨似乎也是可以想见的。

小路切回进家园新村的小坡道，我的手掌搭着贵山的肩，轻薄的肩骨总觉得一捏就会碎裂。“对啊，我的妈妈过世了。”贵山在我的话之后点点头，家园的门口就在前方，去年我在那儿硬生生地扯开了孩子环抱的臂膀，现在，他抓着我从他肩上垂下的手掌，信任慢慢被捡拾起。

暑期活动

家园的暑期几乎被各地前来的志工团体排满，尤其一个个大学生营队带来的令人应接不暇的活动，假期才开始，哨子声、团体竞赛加油声、管教声充斥在家园里，孩子们比平常上课时还要忙碌。我决定只跟班老师要求两堂课的时间，用投影片给孩子们介绍当代艺术里的绘画、舞蹈及戏剧，默剧课则开放给愿意参加的孩子，以创作两个默剧小品作为目标。我把带去的两台相机丢给喜欢摄影的冠元、翔平或其他孩子，让他们自行运用，一方面培养他们对保管对象的责任感，一方面我也好奇从他们的眼睛里，怎么观看这个再熟悉不过，甚至是唯一的生活场域。

大部分时间，我就在家园里晃着，帮学前班的老师照顾小不点们，也带他们做些肢体律动的小游戏。刚被送来几天的小阿荣，还没能适应环境，三岁的他难免成为其他孩子捉弄的对象，一不小心在走廊上屙便，就成为众矢之的。在应该开始说话的年纪，孩子因为陌生环境而产生压力及紧张情绪，只能期期艾艾地重复着需要费功夫才能理解的字词。在暑假热闹的家园中，小不溜丢的阿荣总是一脸茫然地独自待在楼梯间、无人的木板床上或教室的角落，不然就是待在操场滑梯的阴影之下。戚老师说到阿荣的身世，不意外地，又是类似的故事——父亲早死，母亲把孩子丢给孩子的叔叔照顾后便消失无踪。好心收留小阿荣的叔叔自己也有家庭，怎知老婆因嫌多了个孩子负担加重，竟然也跑走了。出于无奈，叔叔最后只好将小阿荣送

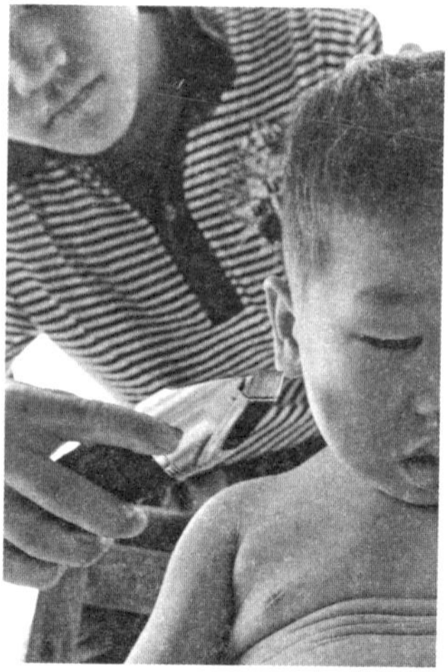

到爱心家园。三岁的孩子，懵懵懂懂，总以为叔叔是爸爸，但当其他孩子刻意问他“阿荣，你妈妈呢？”，天生声音沙哑的阿荣又会突然语言逻辑清晰地把答案说得清清楚楚：“妈妈跑了。”

我开始关注小阿荣，有时鼓励他若有便意就要说出来，或用其他方式让我或者哥哥姐姐们知道。我喜欢在跟孩子们玩耍时借由游戏场域的扩大让他们不自觉地把阿荣也涵盖在内。原本怕生的小阿荣慢慢地在这个新家庭找到了也许有些低调的笑容。

有时，不在孩子身边，我就在厨房里忙着。孩子们饮食向来不均衡，固定的菜色（青菜肥猪肉）鲜有变化，大碗白饭和刻意加水而成的菜汤能让孩子们吃饱，但摄取到的养分稍嫌单一，许多人的头发都像贵山一样，呈现营养不良的枯黄色。清晨，我会到镇上的市场采买多样的蔬菜及肉类，再到家园开始准备午餐或晚餐。要照顾一百多个孩子的胃口不是简单的事，虽然我的厨艺不精，但巴黎六年独自生活也算磨出了一点本事，更何况，家园的孩子们习惯了粗简的饮食，要做出满足他们营养及口味的菜色，门槛应该不高。

研读了几本儿童营养学的书（台湾家中已经有一柜儿童教育丛书），几经思量，“姚式食堂”推出可以偶尔更换的经典菜色如下：牛猪混合肉丸意大利自制红酱面（大化镇上三家超市里乏人问津的管面全被我搜刮一空）、干酪花椰菜（其实就是汆烫后的花椰菜撒干酪粉）、法式杂菜炖汤（名过其实，但营养不减）、日式南瓜鸡肉淡薄咖喱饭（买不到咖喱块，只好用咖喱粉、南瓜调色调味，酱汁总是淡薄如汤）、山蕉蜜蜂糖煎饼（孩子们第一次吃蜂蜜，爱不释口）、水果优格（酸奶）。煮饭时，秀萍、姗姗几个女孩子会自主前来帮忙做准备工作。家园里生火必须靠捡拾回来的枯枝在大灶里引火慢慢点燃，炒菜、煮汤则靠灶上那鼎沉重的大铁锅，一百多人的伙食就在这锅里一日三餐地进行着。

色彩鲜艳的餐点得到了孩子们的赞赏，六岁的“韦老板”常常在快速用完一轮餐之后，又偷偷加入尚未领餐者的队伍之中。我说：“韦老板，你不是刚盛过了吗？”“奸诈”的他会指着明明菜渣痕迹清晰的空餐盘说：“没有啊！你看，哪有？”那你满嘴的油腻又怎么解释呢，孩子？

在稍闲的午后，翔平、贵山，以及对默剧也有兴趣的、年纪较小的锦德会来找我一同构思并排练演出的片段。我们决定在我离开前办个小小的发布会。翔平的监狱故事最终还是没完成，他说，他遇到瓶颈了。

无所谓，我说，我也有一堆故事有头没尾，或有尾没头，甚至有的只有几个“身体”想象的片段。但，记录下来是有必要的，有天，故事会自己生长，我只跟翔平这么说。在肢体上，翔平喜欢雕琢线条及展现力道，受到了艾田·德库默剧系统的影响，表情中性、专注，矮小的身体有潜在且持续的爆发力。贵山，相对地，完全是即兴小丑默剧的风格，他的创意十足，排练过程中常常信手拈来，教室里随便一个对象就是他的道具，他把表演当成玩乐，表情丰富，古灵精怪，只是经常一不小心就开起屎尿、生殖器的玩笑，落入低俗之流。

关于死亡，与贵山的对话

这天，排完男孩们的机器人戏码之后，贵山突然提议想要理个跟我一样的平头：“天气太热了，头发好刺，理了之后表演起来也比较帅。”我特地跟家园借了辆电动车，骑车载贵山到镇上的老师傅理发店剪了个清爽的头。削去整头缺乏生气的头发的贵山，突然间五官轮廓变得格外清晰，单眼皮下晶亮的眼神与洁白的牙齿（他是孩子中最关心自己牙齿的，吃完东西一定刷牙）让他出落得更聪明伶俐。我们在镇上晃荡了一下便骑车返回。回程的路上，我决定跟贵山聊聊不久前母亲的过世。

“姚老师，我都快忘了我爸爸妈妈的长相了。”听了我大致叙述母亲从发病到离开，还有我与母亲的关系后，在后座环抱着我的贵山突然开口说了这句话。回家园的石头路颠簸难行，我们骑着刹车毁损的电动车，只敢以时速十公里的龟速前进着。除了知道他孤儿的身份外，我发现自己从来没有细问过有关贵山的家庭背景。

“怎么说，贵山？”

“我好小的时候，爸爸妈妈就都生病死了。五岁，那时候，天天都要放羊，好辛苦的。姚老师，你看我的手，这个什么硬硬的皮啊，都是那时候放羊放出来的。”贵山不顾正在努力维持电动车行进间平衡的我，将右手向前伸出，我以双脚当刹车，在路边停了下来，低头望着那只在我右腋下方朝上摊开的骨瘦如柴又满是硬茧的手。手掌纹路繁杂，应该是岁月雕刻出来的，只是当岁月在这十四岁的孩子身上高度浓缩时，任何一条掌心的虚线都像是三四十年以上的时间及苦力刻画出来的。不回头看，会以为坐在我身后的是一个村野里上了年纪的农人。“好多年都这样过。后来爸爸妈妈死了，我两个姐姐也离家去外面打工，剩下我跟叔叔要照顾爷爷奶奶，后来，我很幸运能够来家园，如果没来，哇，我现在一定还在放羊，不会念书，也不会认识这么可爱的姚老师了。”

贵山打开了话匣子，一股脑地像是在吐露沉积已久的心事。他最后一句话带着俏皮而且撒娇的语气，原来摊着的右手再次环住了我的腰，身子像在讨温暖似的向我挤近。放开双脚，启动油门，我们继续在石头路上颠簸。

“所以，你记不得爸爸妈妈的长相了？”我侧着头，放大声音对着斜后方问着。

“有时候记得清，有时候很模糊。”

“嗯……”我静默了几秒，“那姐姐呢？她们现在在哪里？会来看你吗？”

“她们都嫁人了。偶尔，过年的时候，会回来看我。姚老师啊，”贵山改变了语气，“我还看见过我哥哥在我面前吐血死掉呢。”

回家园的路上经过几处砂石场，进出的巨型卡车经过时总扬起一片恼人的沙尘。小马力电动车行不到几分钟的时间，贵山家里就死了三个人，“死”这个字成了整段自述里难以承受之“轻”。为了躲避一辆砂石车，我们索性在一家杂货店外停了下来。贵山从自己口袋里掏了钱，走进店里，在鲜红色的麻辣小鱼干和麻辣猪肉条间犹豫不决。他转头询问我的意见，我只泼了他冷水：“不都同样是色素跟化学辣椒吗？”

坐在杂货店外，贵山吃着麻辣小鱼干，满嘴红油，口中不断因为辣而发出“嗞嗞”的声音。我把矿泉水递给他。

“所以你刚刚说，哥哥发生了什么事啊？”

“喔，哥哥在我很小的时候就去外面打工，很久都没回来。”贵山喝了一大口水稍微解辣后，重新拾起故事的线，“有一天他回来了，可是生了很重的病，脸都凹下去啰，皮肤也好黑。刚开始还可以说话，后来就每天坐在家门口望着天空傻笑。然后有一天，他说不舒服，就在我们面前吐血，然后就死了。”

在贵山看不出情绪依附的叙述里，这过于戏剧化的情节乍听之下实在很难令人相信。他随后跟我解释：当时未成年的哥哥在矿场里打工，被公司欺负，关在地下矿场不让他出来，除了提供三餐和香烟外，连薪水都没给。哥哥好几次试图逃出矿场都被抓回去，每次逃跑结果换来的就是痛打。最后，因为染了肺病病入膏肓，公司才给他一笔回家的旅费。贵山说完，深深的叹息从我肩侧传来：“姚老师啊，人好像很容易就死了。你说是吗？”

十四岁的孩子经历的死别与生离已经不是我可以想象的，那声叹息承载的是他过早的宿命观与看似坚强、其实薄弱的甲壳。“是的，”我整理着突然跳闸的思绪，脑海却浮现出母亲病榻上那最后的笑容，“贵山，活着的人要努力活着也不是件容易的事。但我们还可以选择。我觉得，光是能够选择这件事，就很值得让人高兴了，不是吗？”

“嗯。”

我听不出来贵山的回应是理解还是虚应，只好继续说：“你看，姚老师母亲过世，我可以选择悲伤，也可以选择借由忙碌的工作来忘掉（悲伤），我可以选择在悲伤里有一点点快乐，我也容许快乐之后悲伤再回来。我可以选择自己默默承受自己的情绪，我也可以像现在一样跟你分享，我可以对山、对海说，我可以在演出的时候通过肢体表达……”

贵山低着头，不置可否，但我决定把想说的话现在说完，尽管他可能无法领受。“这么多选择可以考虑，但前提是你要看到这些选择。人的确很容易就死了，但在死之前啊，我们努力地活着，努力地看，努力地选择或接受挑战，努力地把自己生命的河道挖掘建构出来，剩下的，水从哪里来，会带我们往哪里去，只能顺其自然。”这些话，我其实是在对自己说。

贵山突然抬头，堆起夸张的笑容与眼角的皱纹看着我，我正觉唐突，这孩子果真已经周星驰上身：“耶！姚老师这么会说话！果真是一表人才！”

“死小孩，这么美好的气氛都被你破坏了！”话虽如此，但我其实是了解贵山的，因为他跟我相似，习惯用玩笑来掩饰真实情感的表露。“而且，蒙先生，‘一表人才’这成语不是这样用的！”

回到家园的最后一段路，我们哼起歌来，还是那首：飞呀，飞呀，看那红色蜻蜓飞在那个蓝蓝天空，它不断在寻找它的梦……歌词还是不尽正确。

孩子的“默剧出走”初体验

跟孩子们相处的时间总是过得飞快，最后一周，我开始准备收尾工作。两组孩子的默剧小品演出进入最后排练阶段，冠元这几周下来，拍了近千张照片塞满我的计算机硬盘空间，我们准备用几天时间好好筛选，在我离开前，我想帮他办个小小的摄影展。

这天上午，拿出事先准备的化妆专用的特殊油彩，我让孩子们共同设计图案并在自愿的模特儿脸上作画，孩子们以创意构图与大胆用色创造出一张张精彩的脸谱。意犹未尽，几个被画脸的孩子平常对我的表演课没兴趣，却在这时提议，希望可以改化默剧的熊猫妆。可以啊，但既然要上默剧妆，不如我们下午一起来个“默剧出走”，走出家园吧。

睡过午觉，丽萍和几个孩子已经迫不及待地在我周围绕着。午后天气阴凉，适合活动，我于是召集了想要参与的孩子，将他们分成表演组和摄影组，计划从家园一路走到镇上，沿途构思创作。由冠元领军的摄影组负责帮大家做活动记录。

画着白脸的孩子们鱼贯走出家园大门时，便开始谨守着默剧不说话的原则，几个从没受过训练的改以用肢体比画的方式互相嘲弄着彼此的新面孔。走出家园，是一片山野风景，随时在表演状态中的翔平马上就从路边的玉米田找到了灵感，他躲进采收完后还留有青黄枯叶的田里，将自己扮成一株玉米，只是身体奇怪地抽搐与颤抖着，后来才有摄影组的小朋友说，那是爆米花。贵山也找到了发挥的场域，他爬上一辆停在路旁的电动车，身手矫健地在那小小的座椅空间上摆弄着各种搞笑的姿势。三个女孩子则躲进树荫之中，莫名地嬉笑着。“看看我在哪里？”一个稚嫩的声音从某处传来，众人停下动作寻找声源，才发现队伍中最小的蒙忆躲在田边干涸的沟渠中，只露出一颗画着白脸的头对大家笑着。原本还想指责他破坏了不能说话的规定，但那颗远看像是凸出地面的头颅在视觉上实在太有效果，尤其当其他男孩也纷纷跳入沟渠中露出一排如白萝卜般的头颅，摄影组快门声四起，我笑得合不拢嘴。

大队人马继续行走，孩子们似乎找到了乐趣，开始自行寻找沿路适当的环境与对象，发展哪怕只有几秒钟的演出片段。他们于是走入了村里的小杂货店，跟着笑声不断的老板娘坐在店内四方桌旁，拿起桌上的扑克牌，就开始演起一段即兴的戏码，贵山俨然老千样，锦德是吃货，边打牌边凭空抓起鸡腿、玉米、饮料往嘴里放，坐在一旁、手上被翔平塞了两张牌的老板娘边笑边问这群娃儿哪里来的。

这天下午，我们并没有真正走到镇上，但两个多小时的“默剧出走”体验，让孩子们对于这个他们再熟悉不过的环境通过表演与玩耍而有了不同的认识。

“那个水泥厂以前会排放很多有毒的废水，都污染了稻田，你看，现在他们关闭了以后，稻子还是长不出来。”“以前那个杂货店的阿姨很凶的啊！今天怎么变了？”结束后，言语禁令解除，脸上的妆已经些许花掉的孩子们迫不及待地分享他们的感受。

回家园的路上，翔平跟贵山不约而同地走到我身边。“姚老师啊，我觉得自己变得好勇敢啊，在表演的时候。”相当注重自身仪容的贵山果然是唯一一个妆容完整的，他说话时眼里有光彩。

“姚老师啊，我们长大以后跟你一起‘默剧出走’好不好？到更多的地方去。我当你的徒弟可以吗？”也加入谈话的翔平顺势勾起我的手臂，兴奋之情溢于言表。

我想起一年前，同样是这条回家园的路，夜色里，当翔平同样兴奋地说着“我好喜欢默剧”并牵起我的手时，我的尴尬与仓皇。对于身体的触碰，我向来都极度不耐。推究原因，有可能来自童年的创伤与对人的不信任，也有可能是因为家人之间没有养成这样的习惯。现在，从这群孩子身上，我重新学习接受。翔平的手掌勾着我的手，掌心传来隐约的温度，这个孩子对表演的热情与开放的心态感动了我。

“‘默剧出走’？好。我会带你们一起的。”给出的承诺虽然模糊，但我心中却浮现出了一个清楚的想法。

大山里的贫困孩子能念上小学已经算是幸运，而小学毕业后，有的随即被家人或亲戚带去大城市打工谋生，有的则自食其力。有时在镇上看见十岁出头的孩子蹲坐在路旁拿着写着“找工人吗？”的简陋自制广告牌，我心头就会狠狠一揪，甚是难过。身体都未发育完全的孩子能打什么工呢？对家园的孩子而言，教育是一条出路，这也是负责人班老师的坚持。教育提供了不同的视野，或许可以让大山里的孩子走出贫困地区轮转的宿命，而艺术陪伴，也许同样可以是另一种思考与选择的培养。我心里有个大约的轮廓。

“明年暑假，你们小学毕业，如果愿意，姚老师想想办法，看能不能带你们‘默剧出走’，我们走出广西，到外面的世界看看？”

贵山和翔平不约而同地喊了声“好”，这声充满活力的“好”鼓起了我的信心，却也让我的肩头突然重了起来。

离别，再见

离开前一晚，班老师、戚老师特地办了场晚会，一则替我送行，再则欢迎新的大学生志工团的到来，更重要的是让孩子们这个月最后有个汇报表演。这晚，天公不作美地下起了小雨，但活动移师教室后，小小的空间挤满了家园大大小小近一百名的孩子、老师及大学生，反而更显热闹与温暖。晚会由孩子们自己主持，表演活动包括了瑶族舞蹈、歌曲演唱，以及压轴的两段默剧小品演出。

两段默剧演出时，三岁的小阿荣跑到我怀里挤着，我一边帮台上的演员们播放音乐，一边哄着这个已经学会用他沙哑的嗓音叫我“要（姚）老师”的可爱孩子。演出虽然有些许失误，但无妨，同样赢得满场的掌声与笑声。锦德以两出戏不同角色（超人、科学家老婆）的杰出演技，被公认地授予当晚最佳男、女主角。十个男女演员满脸通红地接受喝彩时，我脑海中，那个孩子版“默剧出走”的蓝图再次摊开。

一晚的感动很快落幕，步出收拾完毕的教室时，我怀里的小阿荣可能感受到了离别的气息，竟然就这么号啕大哭起来，老师、哥哥姐姐们百般劝说，他只是把哭泣的脸更往我胸口塞。这次，我不强行拉开，也不说善意的谎言了，只是等，等月亮从下过雨的天空中缓缓现身，等我把家园的孩子全都看过一遍；回望教室那面贴满冠元摄影作品的白墙，那是一个月的缩影，冠元有着特殊的视角，家园每个孩子、对象与小角落，都被赋予了生动的色彩。我将注意力放回怀中的小阿荣身上，他已经开始吐着规律的鼻息。将入睡的他轻轻送到负责照顾他的艳莲手中，轻声，往大门走去：冠元紧握着我的手说“姚老师，谢谢你”；翔平则中气十足地说了声“师父再见”；贵山在拭泪，他的泪水同时也滴在我的心上。

那一刻，我看见了十二岁意外受到暴力伤害的自己，我们各自走了多么漫长的一段路，终于来到彼此的面前，脸颊上有泪水，身体满是伤痕，我们不断失去也不断获得生命里宝贵的东西，我们相见，终于，互相拥抱，然后，在转身离开前，彼此给了对方最深刻也最巨大的祝福——原谅。

6 / 大山里的孩子“默剧出走”

走了那么远

我们去寻找一盏灯

你说

它就在大海旁边

像金桔那么美丽

所有喜欢它的孩子

都将在早晨长大

走了那么远

我们去寻找一盏灯

——顾城《我们去寻找一盏灯》

“你们的梦想是什么呀？”

旅途最后一天，洛阳青旅，孩子们在房间里百无聊赖。贵山原本琢磨着，准备将一尊在大同云冈石窟观摩过的佛像画下来，但他显然很快就心不在焉了，毛笔拿在手上，索性替自己涂起黑色指甲来。

“你的梦想是什么？”出发前两个月，一位电视节目主持人在舞台上问我同样的问题。当时，我正苦于这项广西“大山里的孩子‘默剧出走’”旅行活动的经费筹措，突然接到一档以梦想为卖点的节目的邀约，虽然内心疑虑，但因其不失为一个机会，也就应允参加。节目同时也邀请了广西爱心家园的老师和几年来我们以艺术辅助的孩子贵山与翔平一起参加录制。孩子们第一次坐飞机，兴奋得不得了。

走进位于杭州的电视台，贵山与翔平雀跃地拿着我的手机到处合影留念，不时过来询问“轮到我们上台了吗？”。然而，摄影棚里的时间是漫长的，原定晚上8点上台的排序一直被延后，两个孩子开始时精神亢奋，逐渐没了生气，后来纷纷倒在休息室的沙发上睡着了。最后，我们被催促上台时，已经是凌晨3点。

大家状况都不好，孩子们更是一脸无以复加的倦容。

开录时，我在第一现场，直接面对这名听说在大陆相当大牌的主持人和几百名观众，小朋友和家园的老师则在第二现场。我先以一段默剧表演开场，试图将场内同样疲态俱现的气氛稍微活跃起来。然而，满场奔波的演出一结束，主持人开口第一句话就令我无以回应——“你演的是神经病吗？”在我还抓不到这句现场听来语气戏谑、内容冒犯的句子到底该怎么解读之时，主持人又以飞快的语速说：“你化这个妆在街头表演，吓死人啰！”“不会啊，2011年我在这里做了三个月的‘默剧出走’，走了二十几个地方，得到的反应跟您说的恰好相反。”主持人并没有将我的回应听进去，继续说着：“这就好像，如果一个外国人穿着长袍马褂出现在我面前，我一定打他。”后来我才知道，这名主持人向来以犀利、毒舌的说话方式著称。

“好吧。你跟我们说说，你的梦想是什么？”主持人轻蔑的揶揄结束，回归正题，他梳抹的油头造型在摄影棚的灯光照射下泛着一种高冷傲慢的油光。

“我和一名美术老师今年暑假准备带着广西爱心家园五名小学将要毕业的孩子一起旅行、表演和创作。我们想筹措经费。”这个计划是我在家园推行艺术辅助计划三年后的一个想法，也是去年离开家园时，心中默默许下的承诺，想要带着孩子们看看外面的世界。

“孤儿院的孩子吃不饱、穿不暖，你给他们艺术有什么用？”

“如果要等吃饱、穿暖才能接触的艺术，那是精英贵族或有钱人的艺术。对这群从来没有接触过表演、摄影、绘画的孩子来说，一点新的发现跟创造力就是艺术。”我的回应里带有强压着的怒气。

最后，我们并没有赢得大众评审团足够的认可，“梦想”成为一场充满冷嘲热讽的秀。步出摄影棚时已是清晨，微光映照着我们一脸的挫败与沮丧。我双手搭着贵山与翔平一人一边的肩膀：“没关系，会有办法的。”说完这句话，我意识到，自己的生命将因这些孩子走向另一个从未去过的方向；而梦想——我从不喜欢谈论的梦想——也许是这群居处于社会角落的孩子向世界投出的一块敲门砖。

欢迎光临摩登世界

阿元、天德和金金从男厕冲出，吼叫声迅速让戏院大厅等待入场的观众都朝我这里看了过来。我连忙示意三个兔崽子安静。“哎哟，笑死我了！”接着出来的贵山以一种漫画式软脚的方式滑出来，表情夸张地附和着前面三名同伴：“姚老师，翔平他——”

出门在外，两个老师要负责五名孩子的安全，任何一点状况都让人神经紧绷。顺着贵山手指的方向往位于走廊尽头的男厕跑去，一进门只看见翔平傻傻地站在直立式的小便斗前研究着。

“姚老师，这个不是洗手的吗？”一抹憨笑在这个实际已经十八岁的男孩脸上停滞。方才，上完大号出来，蒙先生选中了整排小便斗中的一个，迅速地搞懂了感应出水的机制后，便将手伸进去，做了一个完美的清洗动作。虽然可以理解乡下的孩子第一次进城的认知落差，但看着翔平站在整排像惊吓时掉下的下巴的小便斗前，双手晾着，石化状态，我还是忍不住“扑哧”笑了出来。我指向门边的洗手台：“这位先生，那您觉得它是什么呀？”

我与孩子们旅途的第一站，南宁。

数月前为了筹措旅费而参加录制的节目最后不明原因没有播出，家园的老师和我其实都松了一口气。回台后，我开始四处奔走，寻找各种可能的资助渠道。最后，在募资平台及众多师长好友的帮助下，总算募集到了基本的旅费，七个人，一个月，“大山里的孩子‘默剧出走’”终于启程。

从大化到南宁这段路，孩子们不陌生。家园有时会和公益组织合作，带着孩子们南宁一日游。但从南宁跨出去，则是段全新的途程，他们不知道将会以什么样的姿态面对这个对他们而言未知的世界。

“姚老师，什么叫‘摩登’啊？”阿元指着一家发廊外的招牌问着。“‘摩登’是英文modern的谐音，m-o-d-e-r-n。”我缓慢地把几个英文字母拼读出来，但一出口便觉陈义过高，因为对这群大化来的孩子而言，英文尚属外星语等级。家园每年暑假都会迎来许多大学生义工或公益团体，英文是主流课程之一。但几乎每个团体都是从ABC教起，他们待一个或两个礼拜后离开，紧接而来的其他团队还是依照自己的认知从头开始，学习没有系统，孩子们的英文永远都在与二十六个字母和那几句永恒的问候语奋战。

“摩登就是‘现代’‘时髦’的意思。”

“哇！摩登发型！摩登机器人！摩登电动车！摩登小便斗！”阿元举一反三,一切都变得“摩登”。“吃我一记3D摩登神拳，威震天！”还没从刚才《变形金刚》电影的3D视觉震撼中走出来的阿元一掌打在翔平右臂，正值青春期的两人在路上开启了“摩登”打闹模式。同行的美术老师婉婉与我对望，眼神之中，我们都清楚——这趟旅程将充满挑战。

黑黑的人

从广西坐火车到云南要15个小时，硬座让我们很难睡觉，但我很兴奋、很激动，第一次坐火车觉得自己好伟大呀。沿路我一直隔着车窗拍照，好美丽的景色。但是我发现进入云南之后，他们的农作物都比较小，广西现在的都可以吃了，应该是气候不同造成的吧。

——阿元的日志，2014年7月5日

才走进文化巷内的大象书店地下室，李元大姐爽朗的招呼声便迎面而来。这位昆明当地的友人知道我们这趟旅行的目的是为了让孩子们有不同的体验，特地安排我们参与这场在书店内举办的有机蔬果讲座。

“有机”的概念对于孩子们并不遥远，不待我解释完，翔平插话：“我们老家种东西也不用那些化学的农药肥料呀！”的确，那些我们赋予的新名词、新说法或观念，其实很多都是传统或旧有生活方式的撷取、重新包装及营销。这些出身于广西大山的孩子的身体里，还保留着这些原始、质朴、自然与共的记忆与感知，这也是——或许有些矛盾——他们面对新的世界时所应该保有的最珍贵的宝藏。

“生菜沙拉不是我的风格。”五人之中最机灵、口齿最伶俐的金金在试吃会开始没多久便首先发难。放眼望去，其他孩子的盘子内，除了红萝卜完整消失外，甜菜根、青椒、紫甘蓝，甚至青苹果都被退货。“枉费它们这么五颜六色，”诗人翔平有一颗善感的心和相当的文采，“味道却拒人千里之外。”

“你们慢慢咀嚼，给这些不同颜色的蔬果一些机会啊。你们看，这里有红、青、紫……”婉婉老师今天早上在我们下榻的青年旅舍才给孩子们上了第一堂关于色彩学的美术课，但显然此刻五名男孩不买账，盘子里的东西就算长得再美艳也是嚼蜡。

“姚老师！郑老师！你们看，那里有个黑黑的人。”阿元刻意压低声线，用眼神示意我们往角落望去。“哎呀，他长得好搞笑啊。发型也搞笑。”贵山以一种想笑却又警戒的表情回应阿元，接着，其他三名也加入讨论，鬼鬼祟祟地。“你们讲话可以正常点吗？现在好像三姑六婆在道人长短哟。他就是一个‘黑人’啊，”我看着对方刚好起身，“不然我们跟他打招呼邀请他过来聊聊天好了，顺便复习一下昨天的英文对话练习？”

“No！”五个小鬼头的英文造诣之高，回应已如条件反射。然而，这趟旅途的目的之一就是训练他们的勇气，正当他们以为我只是开玩笑时，我已经开口向这位外国朋友喊着："Excuse me, sir, you have a second here（先生，您方便过来一下吗）？"跟这位相当热情而且友善的新朋友稍微解释了一下我的用意之后，接下来，五个"大化Boy"与他们"生命中的第一个'黑人'"便开启了一段七零八落但充满肢体语言的对话过程。全程，我跟婉婉老师故意作壁上观，两人在一旁细细品尝着场内提供的有机黑咖啡。

"姚老师你太奸诈了。我都吓出一身汗了！"外国朋友带着微笑离开后，贵山首先发难。"下次不要再这样了！"连平常沉默寡言的天德也开口了。但我和婉婉老师实在止不住笑："可是你们不也这样熬过来了吗？"

"他的名字是'O'开头的，叫什么'力窝'。"

"你最厉害啰！都'O'开头了还'力'！"学霸金金相当不以为然地回应了翔平，"他叫'欧什么费'啦！"

"欧—P—Q—S—U—T—费。"阿元突然福至心灵般地（而且失误地）背诵起英文字母表。

"是'欧My God'！"贵山干脆耍起小聪明，拿昨天英文课刚学的句子搪塞过去。

"欧北！"天德加入闹局，但两个字一出口就炸开了其他四个人的笑点。我跟婉婉老师不明所以，问他们有什么好笑的，五个人只回答我们说是瑶语，叫我们别问。但从他们脸上猥琐的表情，我大概猜到一二。（“欧北”即瑶语“大便”）

而我们这位来自美国，实际在昆明已经定居十多年的外国朋友可能不知道，他转身离开后，给五名大化孩子留下了这么激烈的讨论，而且话题将一直延续到当天晚上。当然，五个人里面始终没有人记得，这位外国朋友的名字里既没有“O”，也没有“力”跟“费”，他的名字叫Alvin。

街头默剧初登场

“大山里的孩子‘默剧出走’”路线从南宁往北走，与2011年我的流浪路线重叠了一部分。那年三个月的流浪，我画上了小丑默剧的白脸，一步步通过表演走入人群，走出内心的恐惧。这份恐惧，我在贵山的身上也看见了。

有次，和贵山在大化一家餐馆吃饭，餐厅人多，于是安排我们和其他人拼桌。当四五个人围过来就座时，贵山的身体瞬间缩了一下。那个动作很细微，但我从整场吃饭时他的神情和身体渐渐移转的角度，感觉到他强烈的不自在感。最后贵山几乎是捧着碗，面对着我扒完最后半碗饭，留着佝偻的背对着邻座的陌生人。

贵山心中的结也许可以推敲得出。五岁开始，母亲、父亲、哥哥、奶奶、爷爷，贵山身边至爱的亲人相继离世，他被叔叔辗转送到山下的爱心家园，失去家庭的温暖不说，这么小的年纪承担这么多的生离死别，发生在任何一个孩子身上，都会形成一种沉重的枷锁。而家园内，贵山并不是唯一一个这样的孩子。三年前的夏天，第一次见到贵山，他的确是个不喜欢与人互动，总瑟缩在教室角落静静读书的孩子。可是，默剧课却又同时挖掘出他令人赞叹的创意和搞笑的一面。我在他身上看见自己的影子：极其自卑，害怕人群，却又渴望被注视、被关爱。

旅行前，我跟五个孩子仔细沟通了这趟旅程的重点并非玩乐，而是一趟校外教学。除了带他们亲身领受大化以外的世界，沿途，我们会参观各地的博物馆、美术馆、科技馆、民俗村，带他们体验每个地方不同的文化、食物、人群，而他们必须用文字、摄影或绘画将亲身的观察记录下来。有时，婉婉老师会因地制宜，给孩子们上不同的美术课；而我则希望，如果他们愿意，跟我一起上街表演默剧。

画了脸好像戴上面具一样，感觉变成另一个人，就不太害怕了。原来害怕可以说不见就不见。很特别的感觉。

——阿元的日志，2014年7月7日

行前，我问阿元："你从来没上过我的默剧课，如果到时候要上街表演，你敢吗？"当时，他的回答堵住了我的嘴，证明他是个逻辑清楚的人。他说："姚老师，您说如果我们愿意，可以上街表演，所以就会有一个前提，是'我们愿意'，那跟敢不敢没有什么关系吧。"

事实上，第一场在昆明金马碧鸡广场上的演出，阿元是第一个自告奋勇加入我的。他说："既然都出来了，总是要勇敢尝试不一样的事情。"一副洒脱的模样。五个人之中，阿元年纪最长，身份证上显示年龄为十六岁，但实则已经快二十了。化上妆后，阿元说自己像变成了另一个人。虽然没有任何表演基础，力道拿捏也不准确，但他如初生之犊，不但模仿着我的动作，更勇于试探整个表演场域，一会儿跑到水果摊旁假装做起吃水果的动作，一会儿又跑去牵着一位老爷爷的手过马路，此间，阿元慢慢地找出了自己与人群互动的即兴表演方式。

反观先前信誓旦旦地一会儿说"迫不及待"，一会儿大放厥词"何惧之有"的小山儿（贵山），上了妆后却整个畏缩了起来。表演开始没多久，他便消失在我们的视线中。后来我在牌坊的柱子后面找到他时，他仿佛做了亏心事又想辩解一样，朝着旁边几个零星的观众摆出默剧摸玻璃的手势，试图要说服我他只是刚好表演到柱子后面而已。我忍不住开口："贵山，如果你不想表演的话，没关系，你可以到婉婉老师那边去把妆卸掉，然后你可以看看阿元，他第一次上场，应该也害怕，但他一直在找方法。"

"我在演啊。"贵山给了一个连他自己可能都不相信的答复。

嗯，他在演，只是演技不太好。大约十五分钟的表演，贵山只是从一个柱子后方"表演"到另一个柱子后方，不然就是消失在围观群众身后。表演经验丰富的翔平屡屡想找他一起互动，而他总是躲开，唯独不小心与我眼神相对时，才赶紧佯装出表演状态。

当晚，孩子们，除了始终处在一种自我尴尬的氛围中的贵山之外，大家一边吃着著名的云南过桥米线，一边谈论着下午那场即兴表演，连没有上场的天德都给出了旁观者的笔记："有一个小小的缺点就是，"天德看了一下贵山，"他根本就在混。"

一句话炸开了高压锅——

"干你鸟事！"贵山停下手中的筷子，恶狠狠地看向天德。那是贵山的脸上我从未见过的表情。

"我建议呢，各位，我们先好好地享用美食。餐桌上尽量不要有负面的情绪哟。"婉婉老师的话解除了当下我不知如何处理的窘状。胃口总是很好的翔平跟金金一听，马上沉入米线的美味之中，世上诸事纷扰都与他们无关。

真实练习

我有点想要回大化了，但才出来三天而已。刚刚姚老师找我出去讲话，我第一次看到他这样严肃的表情，好可怕。他说我应该学着讲出自己真正的感觉，喜欢就喜欢，不喜欢也不要勉强。因为勉强做出来的事都不会尽心尽力，旁边的人一眼就看得出来，而且还会影响整个团队。

今天天气阴阴的，我真的一点也不开心。

——贵山的日志，2014年7月7日

家园有一百多名孩子，从学前班到中学生，大家吃、穿、生活在一起，四名老师要照顾这么多孩子已实属不易，在基本的教学和生活教导外，几乎无暇注意每个孩子的个性发展。每个拜访家园的人士在离开时都会收到孩子们的感谢卡，但卡上的文字多半制式且八股。有次，贵山跟翔平合写了一张“姚老师您春风化雨，我们深深感激”的感谢卡给我，立马被我退回。在这样讲求均质化的环境之下，孩子无以发展表达自我情绪和需求的能力。三年前，我们的艺术夏令营开启了一些孩子的创作欲望，这也是艺术教育能施力的地方——提供一个渠道让孩子学习表达真实的自己。三年来，贵山和翔平慢慢地在持续的文字、绘画和表演创作中展现了他们自己，也开始了某种自由的追求。

我想起在巴黎时，心灵愈疗师Tina有次语重心长地跟我谈起人与命运的关联。她说："尚德，在命运之下，我们都只是棋子，被操控着，连自由的意志都是被操控的。但操控不一定是负面的，宇宙的设计中没有所谓的二元对立，好与坏、正义与邪恶、自由与禁锢的概念其实都不存在。被操控其实也是一种操控。"

"但这意味着什么呢？既然所有这一切都成了模棱两可、似是而非的。没有所谓的绝对真实。"我禁不住提问。

"这意味着你唯一的自由就是用想象力自我解读、自我创造。那就是真实。"

Tina的唯心论当下并没有说服我。然而十几年之后，回顾来时路，我发现自己目前所站的位置、所拥有的一切，从来都不是我的心之所向。生命之流一直将我往施力的反方向推去。这也是我不喜欢谈论梦想的原因。在我身上，梦想一旦付诸实践，就意味着转向。庆幸的是，因为我对于好坏善恶的标准始终游移，一般人以为的恶，我也总能创造出好的想望，反之亦然。所以，也渐渐培养出一种安于现状的心态，不管命运带我去哪里，都安然处之。这是我触摸到的真实。

BULLS
23

但毕竟，我忽略了，追求真实本身就是一条漫长的道路，是必须时刻察觉的，而每个人的路径并不相同，我把对自己的要求强加在这些小孩身上，尤其是贵山，内心高度敏感，引导除了需要时间外，更需要谨慎、温柔。

冲一波，脚踏车环湖（不成）行动

生病是细菌在旅行。

——贵山的日志，2014年7月8日

旅行的第一天，感冒病菌就与我们同行。天德在南宁首先发病，但因为状况不严重，我们便在药房买了些成药让他服用。到昆明的第二天，大伙原本兴高采烈地准备踏进民族村参观，翔平突然以幽怨的语气喊着头疼，第二名病号出现。一抵达第三站大理，病号三号的位置则由小山儿承接下来。婉婉老师建议我把行程缓下来，暑热，其实更容易发病。连续两天，我们就依着大理7月温暖怡人的气候和舒缓的步调生活。孩子们身上都配有手机和零用钱，在教会他们使用地图后，约定好时间，我便放他们自己在古城里转转。

经过两日“休养生息”，贵山的病也大致康复。早餐，大家正大快朵颐当地的耙肉饵丝时，贵山突然提出："姚老师，不然，我们等一下来表演吧。"在我们还来不及提出质疑时，满嘴油汤的他马上补了一句："我今天感觉对了。真的。有种'时不我予'的感觉。"

也许是饵丝的魔力，连成语"时不我待"的误用都阻止不了小山儿的决心。他从昆明第一场表演后连续几日积累的阴霾也一扫而空。

除了天德依旧处于观望状态外，四个孩子在青旅大厅化完妆后，从人民路开拔，大路转小巷，四个人彼此呼应、互动，找到了一种团队协作的感觉。大队来到了大理一中，刚好遇到学生们鱼贯而出，阿元"见猎心喜"，第一个踩上前，摆出了"狮子王"的姿态——他为此演练了几天，几位女同学被阿元夸张逗趣的脸部表情所吸引，咯咯地笑着。与此同时，小山儿使出了他最擅长的伎俩，一连串摸玻璃、拔河、爬梯、翻墙的默剧动作，利用地形有条不紊地在转角处施展开来，逗得卖酸梅汤的小贩和附近几户探头猎奇的店家大声叫好。金金和翔平则是两人一组，打游击式地专攻过路民众的互动反应。

一小时的演出，我、婉婉老师跟天德负责记录和引路。因为演出从来不收取任何费用，所以我们可以不受拘束地顺应情况移动游走。早上9点的大理古城因为四个化着默剧妆、身穿橘色横条纹衣服的小小表演者而有了不同的景致。三年前，我一个人带着摄影机和三脚架，画着相同的默剧白脸，往古城外走去，沿途一边表演一边手忙脚乱地记录着；三年后，还是这座古城内，我观看着四名既像我的分身，又个性鲜明的孩子以各自的姿态表演着。当下，我似乎感受到一种生命延续的满足感，尽管这样的感觉后来也成了我对自己的当头棒喝。

孩子们从观众的热烈回应中获得了极大的满足，贵山克服了恐惧，竟也显摆起来："我只是牛刀小试。千载难逢。"他的口中永远有不合时宜的成语。

"我们下午骑车去环洱海吧！毕竟机会千载难逢。"

孩子们一听都像疯了一样。金金摇着天德说"太爽啦！"，贵山则是一连串的"Oh My God!"。从南宁出发前，他们曾眼巴巴地问我这趟旅行会不会去游乐场，说想要玩过山车、闯鬼屋，我没给任何承诺，但心想，糟糕，他们对旅行的期待竟然只是如此。现在，没想到一个简单的骑车环湖提议，竟然也能赢得他们的真心欢呼。

简单？更正：对五个年轻气盛的男孩来说是，但对我跟婉婉老师却是一种西天取经式的磨难。

七辆脚踏车从青旅附近的车行浩浩荡荡地出发，七名飙风少/中年，石破天惊般的气势。然而，好景不长，才刚骑出古城没多久，队伍就残酷地渐次分成五对二。我距离上次骑脚踏车已记不清隔了多长时间，更何况两百斤的体重压着一辆“铁马”，膝盖很快就开始发出抗议声。婉婉老师因为骑的是淑女车，无法变速，原本悠闲的画风没多久便转成了上气不接下气的窘状。孩子们如出笼的野兽，彼此竞争着飙速往前，直到洱海与天共色的美景拦住了他们的去路，我和婉婉老师才终于追上。

2011年，“默剧出走”到洱海边的双廊小镇。镇上青旅八人混铺房就住了一位年纪约莫六十的女士和我。每天，我早出晚归，两人几乎讲不到话。停留双廊的最后一天，我在镇上表演完毕，带着妆返回旅馆的路上，被一个声音叫住：“我刚刚一直就在猜是不是你！我的室友深藏不露啊！”

当天晚上，这位退休后便在国内游历近一年的女老师和我共进晚餐，我们聊着彼此的旅程和生命经历。海峡两岸，两代人相遇在洱海边的小乡镇，凉爽的夜风与摇曳的烛火相伴。

“你知道吗？这是我出来这一年最感动的一天。”老师语重心长地说，眼底闪现着慈爱的光芒，“你在这片土地上行走，到了一个乡镇，化起妆，穿梭街头，边走边演。然后，卸了妆，隐身人群之中，掌声不会跟随你，也没有媒体追逐。但今天看你演出、跟你一起玩的人，他们会记住的。至少，我这头脑已经不大管用的老女人，会把你写进我的日记里。”隔天，临别之际，老师在我简陋的日记本内页提笔写了几个字赠予我——“行走大地的艺术之魂”。行走，大地，艺术——我的流浪，才终于瞥见意义的微光。背起行囊，我使出招牌的默剧笑容向老师挥手告别，继续未完的旅程。

孩子们挥着手，朝着我和婉婉老师喊着加油。阿元举起相机，把两副气喘吁吁的狼狈模样记录了下来。三年之差，我的体力明显大幅地衰退。从前，无论什么环境都能安然入睡；现在，睡眠质量降低，睡眠时间也锐减。尤其这趟旅程要处理跟安排的琐事繁多，我永远都是最早起床张罗早餐，最晚入睡。

再次见到洱海，心境也不同了。当时觉得天宽地阔，如今却多了一种层次的美感。矗立湖中的枯树仿佛伸出嶙峋双手，拨弄着温暖的山风，也撩拨着青天白云。“你们看，对岸就是双廊，我跟你们说过的那个小镇。我们看能不能拼到那边去！”我脑海中浮现的还是那晚双廊青旅的秉烛夜话。

虽然有了清楚的目标，但这沿湖风景实在迷人，尤其对于生活圈仅限于广西大化的这群孩子而言，那开着淡紫色花朵的成片布袋莲、一簇簇深紫还有红色的三角梅，洱海沿岸的一树一花跟白族的特色建筑，都成了孩子们驻足观赏跟记录的新鲜事物。我们骑骑停停，有时钻进巷子里捕捉当地人的生活剪影，渴了，就向路旁小摊子买杯爽口的冰粉凉虾。抵达喜州古镇时，已经下午4点，算一算，我们竟然已经骑了约莫十八公里。

没有什么鲜明的观光包装的喜州，以一种安然的姿态展现在我们七个唐突的“入侵者”面前。走进蜿蜒的巷弄，细细观赏那些牌坊、民居院落斑驳的墙面和木楼建筑结构，这个仿佛在世界一角静静地与岁月共生息的古镇还透露着过往繁盛的风貌，当然，伴随而来的，就是沧海桑田、物换星移的失落与喟叹。

“姚老师，喜州破酥粑粑是什么呀？”这句话从贵山的口中说出来，意思就等同于“不如我们直接买来尝尝看吧”。不过，骑了这么久的车，大家肚子也真的饿了。买了十片玫瑰糖甜馅和葱肉馅各半的破酥粑粑，我们坐在广场上趁热享用着香味浓郁的烤饼，满足的表情清楚地写在脸上。“尚德，我们是不是8点要还车啊？”婉婉老师突然一语惊醒满嘴油香人，吓得我赶紧看时间，晃荡到现在都已经快6点了。还说环湖？！三分之一路程都不到。车行老板特别叮嘱我们要准时还车，尤其我们明天一大早就要搭火车离开大理，脚踏车还不了就麻烦了。一声令下，吃不完的美食抓在手上，七人车队马上回程。

回大理古城的路，是一连串呐喊、鼓舞、气喘、哀号声此起彼落的旅程。我几乎杀红了眼，以一种就算磨坏膝盖关节也无所谓的气势努力踩着脚下的“风火轮”，试着跟上孩子们的骑行速度。然而，我们都忘了，婉婉老师的淑女车丝毫没有作战能力，她远远地被我们甩在后方。我停了下来，吩咐方向感较好的阿元和翔平留下来等待婉婉老师，我则带着另外三名车手继续奋战。夜色已降，回程的路多了份沉重的凉意。我突然想到，这样的拼搏精神也曾出现在三年前，同样在云南，只是现在在洱海边，当时在虎跳峡。

去程四小时的路，回程我们竟然只花了两小时，成功地在车行老板关上最后一道门时拦住了他。“老板，还有三辆车在赶路，麻烦再等等，再等等。”

还了车，我们四个人立马瘫在人行道上，鞋子、袜子脱了扔在一旁，大口地灌着矿泉水。等到第二队人马约莫半小时后也以同样狼狈的姿态骑着“铁马”出现时，车行老板几句话，我差点没晕过去——

“你有我电话啊，我跟你说过，有状况打个电话给我就可以了。而且就算我们关门，人也在里面，敲敲门，我们就开了。”

回旅馆的路上，我身后有六对带刺的目光。

百无聊赖长途列车行

前往成都的火车上有近二十小时的漫长时光。

长时间的硬座对我们二老而言是种“磨炼”；对孩子而言，也不是一件容易的事。因为座位靠近厕所，不时飘过来的烟味让婉婉老师数度抓狂，“无烟车厢”的定义到底是什么，问了车厢服务员竟然也得不到答案。男孩们百无聊赖，开始在狭小的座位空间里发挥无限的想象。阿元用相机玩起影像魔术，让放在桌上的水壶一格格地移动，从桌旁移动到窗边，再一格格地爬到天德头上（最终以天德不耐烦然后发脾气收场）。贵山用口香糖的银色锡箔纸装扮假牙，搞笑的模样让邻座的两位老夫妻都笑掉假牙（因为真的没牙）。翔平岂能错过这样的观众——于是也抓起一片锡箔纸装上牙齿，然后跷起兰花指。贵山与翔平两人开始以触手可及的东西，比如手帕、婉婉老师的发夹、车厢里的瓜子盘，甚至座位上的头垫等当作装扮的道具，“列车小姐选美秀”在车厢一角热闹上演。

金金不愿与众人同流，安静地看着他的“三国”历史漫画书。感冒病菌则又轮回到天德身上，吃过药，遮着口罩，他随着火车颠簸，半睡半醒，有时则冷眼看着他那些闲不下来的同伴。阿元继续拿着相机隔着玻璃窗记录着沿途风景，他的脸上偶尔会流露出一种满足的笑容。

今年春节，阿元和弟弟阿贵邀请我一起到大化板升山上他们的老家过年。父亲过世之后，他们的母亲改嫁，两个孩子与母亲见面的机会越来越少。原本应该空着的屋子平时有村里的居民借住，我们抵达的那天，屋里就有位老奶奶住着，显然已经在这里安居许久。阿元平时性格谨慎，不太轻易流露情感。但有一次他跟我聊到家人，没想到坚硬的外壳瞬间崩解，眼泪扑簌簌地掉了下来；然而，正当我准备安慰他时，他又随即转身离开。在家园，他是万能的水电工，也因为行事成熟稳健而被老师们当成家园孩子们应该学习的榜样。我曾问阿元想过以后要做什么吗，他脸上有种逃避的笑容。“没想过。”他说。

除夕夜，屯里首次举办了自己的春节联欢晚会，流行歌曲和电音舞曲彻夜未停，青壮年男女们轮番上台表演劲歌热舞，小孩子们则玩起装饰舞台的气球。应大家的要求，我也上台表演了一段默剧、唱了一首歌，台下的阿元、阿贵两兄弟笑得开心。可是，没一会儿，阿元便消失在人群里。后来，我在广场后方的一小块空地发现他和几个屯里同年纪，但穿着打扮时髦甚至夸张的朋友在聊天，大家一手烟，一手啤酒，借着醉意，说笑、肢体动作都百无禁忌。“念书无聊得要死！留在大化也无聊得要死！”一个染了满头紫发的男孩吐着烟说着，他胸前有个偌大的不知真伪的金链子不停摇晃着。有个女孩从口袋里掏出一叠百元钞票：“老板发红包。可是我过完年不回去了。没意思。”

阿元话不多，多半只是抽着烟、喝着酒，但我却很希望听到他的回应、他的立场。屯里的年轻人多半都到广东去打工，有的中学辍学，有的小学念完就离开了。打工的钱虽然不多，但领的多半是现钞，生存就是当下，当下就是要快乐，所以他们用一种刻意彰显的方式装扮自己，尤其一年回来一次的春节假期，在自己同村人的面前，就必须穿金戴银，衣锦还乡。我没有再听下去，只是悄悄退开，返回住处。这件事，我没有再跟阿元聊过。

“好幸福啊！姚老师。”阿元从窗外不断快闪而过的景色转过头看着我，他脸上有个甜蜜又腼腆的微笑。“我好希望火车一直这样开下去，不要停下来。”

阿元的话里，听起来有种刚刚才跟自己订下的秘密誓约。两年后，初中没有读完，他再次坐上长途列车，朝北而去。

再见王希

四川真不愧是天府之国，山多水多人也多。来到一级大城市成都，发现我自己像是小人国来的人。长这么大还是第一次坐地铁，地铁速度快得要命，一下就到了你想去的地方。大化也应该盖地铁，一下就可以回山上的家。

——金金的日志，2014年7月12日

相隔三年，再见王希，一样在文殊院地铁站，不过，这次，出现在她眼前的不再只有我自己一个。仍在电视台工作的王希现在职责更大，我们的突然造访让好客的她有点措手不及（千万别让记者叨念，尤其是擅于帮人规划行程的记者），百忙之中，硬是挤出了时间跟我们吃了顿饭。再见到王希这件事对我而言有相当的意义——她是那趟旅程中让我开始对陌生的人、事、物敞开自己的人之一。

王希先带着孩子们见了那只攀爬在大楼上的大熊猫。金金说，他的心愿已了（我闭口不提成都市外其实有个大熊猫繁育研究基地）。事实上，连续几日在成都，从金沙遗址博物馆、锦里、武侯祠到杜甫草堂，完全满足了金金对历史的爱好，从史前到三国再到唐安史之乱（我每天晚上都要上网做功课，以应付金同学随时可能的历史提问）。

晚餐，孩子们用不置可否的表情很快地就“婉拒”了王希凉粉、冒菜、串串香等四川小吃的提议，然后欢欣鼓舞地接受了她开玩笑的选择——云南过桥米线。抵达成都的第一餐，五个人全被四川的麻辣吓坏了。“明明都叫粉，为什么跟我们广西的粉差这么多？！”这是当时他们的结论，也回应了后来整趟旅程中我处心积虑让他们尝试各地美食的努力的落空：姚老师，可不可以吃粉啊？我们还是比较喜欢吃广西的粉。

我跟王希不故弄玄虚，临别之际，没有拥抱，没有肉麻的言语，只是挥挥手互道珍重。

Lights will guide you home（灯火会指引你回家的路）

And ignite your bones（点燃你的勇气）

I will try to fix you（而我将会填补你的伤口）

转身离开时，我的嘴里再次哼起了这首熟悉的歌曲。

男孩的日记

我们刚开始各自分散，我演的是个老太婆，手假装撑着拐杖，一双眼睛巡视周围，缓慢地走着。有时遇到拍

宽窄巷子

照的人，我就在他们的镜头前面摆出最好看的样子。有个姐姐过来问我，拍照挨钱吗？我摇摇头，她很开心跟我合照。哇！美女。后来，我们走到宽巷子的一个路口，有两个全身画成铜色扮雕像的街头艺人也来跟我们合照。他们说我们的妆很酷。我感觉自己好像是明星一样。今天干得真不错！而且天德总算下来一起表演了。我们五个人有团队的感觉。

——贵山的日志，2014年7月15日

历经了成都宽窄巷子的演出，孩子们有了自信，也找到了可以借助彼此的方法，开始对下一场演出有了期待。才在西安的青旅安顿好，隔天，回民一条街的演出就展开了。这次，孩子们尝试的是面具表演。婉婉老师在成都教他们制作的面具，经过几天的塑形、定胶、上色及测试（贵山与翔平戴着面具在成都至西安的火车上走了几次秀），终于派上了用场。

面具的表演跟化着默剧妆表演不太一样。姚老师特地花了一个早上教我们怎么样注意面具的使用。他示范的时候，面具角度不同，好像也有了不同的表情。一件固定的东西，观看的角度不同，很奇妙地，产生的效果也会不同。

后来表演的时候，我注意周围人们的表情，我有种感觉，他们看的并不是我，正常的我在这个时候已经不存在了。

——翔平的日志，2014年7月21日

我的面具设定是一个小孩，很贪玩，而且看见什么吃什么。在回民街附近表演的时候，我从面具上的眼睛小洞看出去，看到好多不一样的食物，有核桃、枣子、牛肉、羊肉、包子、饼，看得我肚子都饿了，所以我一边表演一边吞口水。

——天德的日志，2014年7月21日

我的主题是演一个帅气的男生，面具上有橘色的头发，很帅气。我假装手上拿着烟。街上有很多的美女，我一直想着怎么样去跟她们交流。可是每次我一走近，她们就笑着逃走。这个时候就很想把面具拿下来。

——阿元的日志，2014年7月21日

表演虽然不太好，但我用心去做了。回来后，我感到身体很累，很想睡觉。昨天晚上没有盖被子，早上起来喉咙很痛，中午吃饭的时候，我每吃一口，喉咙都受不了。晚上，妈妈给我打电话问我要不要去广东找她，然后我的头开始发疼。郑老师用热毛巾不断帮我擦背，还帮我按摩穴道，我一下就睡着了。我做了一场噩梦，梦到大家都变了，变得奇形怪状，压在我的身上，压得我喘不过气，一下子从梦里醒来。醒来后已经是早上，身体竟然就好多了。

——金金的日志，2014年7月22日

“姚老师又不是你爸，叫你干吗就干吗呀”

我病了。累积许久的疲惫被热感冒一举引爆，头痛、咳嗽、腹泻一天内来势汹汹。孩子们最期待的兵马俑之行改由身体其实也微恙的婉婉老师带队。出来近三周，现在必须借由生病强迫自己“关机”。躺在青旅的六人房里，难得有清净的时候。虽然7月的西安酷暑难耐，我还是关掉了空调，打开窗让新鲜的空气在室内流通。感冒让我呼吸困难，但我心中有个结才是最难过的关。

昨晚，阿元、金金还有贵山霸着青旅大厅的那张台球桌不放，晚饭后，三人就一直疯玩着没停过，把与我约定上楼洗漱休息的时间完全抛诸脑后。婉婉老师和我一样，感冒症状都已出现，没有体力跟心思多管。没想到接近凌晨，我见房间只有天德和翔平，一问才知道，其他三人都还在下面打台球，于是麻烦天德下去叫他们上来。没想到，天德三催四请的结果是他只身返回后转述的话：“他们说，管那么多，姚老师又不是你爸，叫你干吗就干吗呀。”

天德个性憨直，听到什么说什么，直到他见到我脸上错愕的反应才惊觉事情严重。我克制住怒气，又虚弱地躺回棉被里，这么一躺就是一天一夜，开口再跟孩子们说上话，已经是第三天的早晨，而且还是由另一件事情引爆的。

哇！今天姚老师生气了。都怪我。今天早上我下来时肚子开始犯疼。我跟狗狗玩了一下，姚老师见我没事，叫我去买早餐给大家吃，因为他病才刚好一点点。但是我不知怎么回事，只回答他说我肚子疼。姚老师突然沉默下来，然后露出通红生气的脸。我赶紧飞奔上楼。真恨自己当时的反应。接下来整个早上他都一脸严肃，一句话也没说，我们早餐也没吃。我再下来时，发现桌子上有一个纸条……

——贵山的日志，2014年7月23日

今天我早早地就起床了，然后在大厅里写着日记。后来贵山跟天德，还有昨天生病一整天的姚老师也下来了。姚老师麻烦贵山去帮大家买早餐，原本在跟狗玩的他突然说肚子痛，然后就跑走了。姚老师对我说，不然阿元你去买好了，可是我却回说，我的日记还没有写完，让天德去买吧。我心里知道自己只是拿写日记当挡箭牌，懒得出门。写完日记后，我就跟天德到前面去打台球。玩了一阵子，回到座位，发现姚老师写了一张纸条给我们大家。我才知道自己真的做错了事。我们真的是只想到自己。

——阿元的日志，2014年7月23日

“旅程已经走了三分之二，有时我在想，这个过程中你们究竟真正获得的东西是什么？是敢于问路、面对陌生人和陌生环境？街头表演的勇气？自主的能力？自我表达的能力？我也问自己，究竟期许你们什么？是在进入初中前，好好地玩耍一番，为童年做个告别，还是期许你们成为有用的人？在经过昨天晚上跟刚刚发生的事情之后，我在想，这趟旅途，也许重要的是自觉。自觉不是自私，而是有时候去观察并且想想自己与周遭的关系。当我跟婉婉老师尽力安排一切的行程，让你们安然无恙的时候，你们想到的是什么？这是我们应该做的？你们有没有一丝丝的责任？我们病倒了，早餐没人安排，你们想到的也许是大不了饿一餐，可是有没有想过两个正在生病的老师同时也没东西吃？如果旅行只是七个人被动地各自行事，那不如留在家园好了。”

也许陈义过高，也许是情绪抒发，纸条上，我把心里的话一吐而尽。不，前天那句“姚老师又不是你爸，叫你干吗就干吗呀”依然卡在我心头，我还需要时间消化跟思考。

中午，退房时间到。僵滞的气氛仍持续着，我们的饥饿也是。大伙慢慢地将行李集结在大厅，这时，一位旅馆员工气冲冲地朝我们走过来，手里拿着白色床单，指着阿元便破口大骂：“这床单上的墨水是你搞的吧？这墨水洗不掉，整个床单毁了。还想逃跑？”男员工盛气凌人，阿元则是一头雾水，不知如何回应。

“叔叔，那……那个是1A床的吗？我昨天在床上写东西写到一半就睡着了，可能不小心让墨水漏出来了。”金金怯生生地向前自己承认。我跟郑老师默契地只是先观看着。

“那你说怎么办？小孩怎么教的？他妈的！”男员工第一句对着头低着的金金说，第二句显然是对我和郑老师，然后他第三句咬在嘴里，可我还是清清楚楚地听到了。

“先生，你说谁妈的？嘴巴放干净点！首先，你一下来不分青红皂白指着一个错误的对象就骂，这就是你们旅馆的服务态度吗？”一股怒气冲上来，我大声地吼了出来，仿佛早上延续的脾气堆积到了最高点。“再说，床单弄脏了，要怎么处理，好好说就是。你们的流程就是先骂人吗？我们坐在这大厅里等着你们查房结束才退房，什么叫逃跑？给我说清楚。”大厅内的激烈争吵把青旅年轻的老板和老板娘从厨房内逼了出来，在郑老师快速地跟他们解释过后，两人连忙向我们道歉。但男员工被老板拉退至身后时，反而开始嘟囔自己没有错，并且恶狠狠地瞪着金金。

我走过去从男员工手上抓起床单。“来，金金，拿去厕所看你可以用什么方式把墨水处理掉！其他人去帮忙。”然后我转向男员工，“这是一种处理事情的方式！”

二十几分钟之后，孩子们带着湿着的床单回来，墨水虽然被洗掉大半，但痕迹依然清晰。我转向老板：“这个你们还可以处理吗？”老板略显尴尬：“不知道，可能比较难。”

“好，这个床单多少钱？我们赔偿。”

支付了五十元的费用后，我觉得事情还是没完。“等等，老板，这个床单的事我们负责了，但你的员工素质你要负责。刚刚他那样不分青红皂白地骂人，我要他出来跟这个孩子道歉，”我指着阿元，“不是转身离开就什么事都没发生了。”

接受了当事者的道歉后，步出青旅，我已经体力耗尽，伴随着严重的咳嗽复发，事情不会更糟了，我想。

夜奔大同

“我不要你们一分钱，你这么有心带着这群家园的孩子出来，我很感动。这是我仅仅能够做的事。你们来，吃住我包。”在鸿玺近乎“霸道”的邀请下，我们在原定的终站洛阳前先绕道大同。

鸿玺是云门的流浪前辈，习武之人，流浪者计划开启了他现在一系列以武会友基调的“夜奔客栈”的想法。在此之前，我们只在台湾的流浪者聚会见过一两次面，点头之交。

为了省钱和鼓励孩子们对外面的世界敞开心扉，我一路都选择住在青年旅馆。他们从一开始只敢羞涩地躲在房间，连去前台要个东西都怯懦不已，到后来可以开心地与其他来自各地的哥哥姐姐们聊天、玩耍，甚至有一天，在成都，几个大学生拿着吉他高声哼唱着，孩子们竟然也其乐融融地参与其中。

我从来没有来过这么高的房子。站在窗边看着底下，觉得自己就像巨人一样。再往四处眺望，大同这座城市像大海一样，望不到边。人就像海里的小鱼，东游西游，不懂哪天会被大鱼吞没。

——阿元的日志，2014年7月24日

“夜奔大同”位于新大楼二十二楼，居高临下，城市新旧地貌尽收眼底。翔平的惧高症跟好奇心彼此缠斗，站在窗前没几秒，便边喊着“哎哟妈呀”边跳开了，这样来来回回了几次，也算把风景拼凑完整。我总算洗了个踏上旅途以来最舒服的热水澡。金金跟贵山则在客厅懒骨头沙发区跟欧巴马玩得不亦乐乎。欧巴马，鸿玺与Tina的爱犬，一只矮小精悍、表情多端的黑色狗狗。第二天，鸿玺从“夜奔北京”赶来，他知道我在西安的状况，一见面便嚷着：“你就在这儿给我好好地休息养病！有事情这边几位打工换宿的伙伴都可以帮忙。”我的身体逐渐康复，北方夏日舒爽的气候让人心旷神怡，鼻子、喉咙、胸闷的状况也都好转，终于可以好好地呼吸。反倒是自南宁开始的感冒病菌随我们流浪大半个月，最后在婉婉老师身上总结成一场肺炎。

这一路上多亏婉婉的细心，不但给孩子们上美术课、辅导创作，也带着他们走访各个美术馆去领受并学习欣赏艺术之美，尤其在我忙着旅途上的大小事务而分身乏术时，她也替我注意着孩子们的饮食跟身体状况。孩子们轮流生病，她就轮番照料着；最后积劳成疾，这一病严重到让她进了医院接受治疗。

夜奔的前几日，旅行节奏悠缓了下来。白天，我和孩子们加入夜奔的几位外国客人的行列，来到古城墙前向鸿玺习武。第一堂课，黄（鸿玺）师父开宗明义地说，习武之道首先要“尊师、重道、爱同学”。孩子们听了直点头，也不知道是被黄师父上课时的气场震慑住了，还是真有所感。武术课结果大受孩子们赞赏，抬腿、踢腿、拉筋等基础练习挑战着孩子们没有开发过的筋骨，他们哀号连连，脸上露出的却是一种挑战自我的满足感。

黄师父因为从小习武，练就一身肌肉。武术强身健体，从他的身上可以清楚地看出来。动作的难度一个比过一个，比如把脚向上90度踢到手掌，我踢得东倒西歪的，身体平衡不了，要一直练习才能抓到要领。姚老师胖归胖，但他做得很标准。这我蛮惊讶的。我本来想说姚老师是来搞笑的。（本书作者按：真没礼貌！）

我也好想要练就一身肌肉啊！（本书作者再按：先给我学会尊师重道再说！）

——贵山的日志，2014年7月27日

最后一场演出

“姚老师，明天的早餐我负责去买吧！”刚刚上完夜奔员工姿仪姐姐的历史课，金金一边逗弄着欧巴马，一边说着。

“我跟他一起去。”贵山附和着。

总算……

隔天清晨6点，两个小孩自行起床、洗漱，跟我拿了钱后便出门买早餐。一小时后，众人纷纷起床，到了客厅，发现七个饼、七杯豆浆、四块豆腐干摆在桌上。“姚老师，还有什么需要我们服务的吗？”金金问。

“喔！很谢谢你们二位啊。但这豆腐干是要——”

两个孩子面面相觑，彼此推诿：“干吗买豆腐干啊？”

对啊，干吗买豆腐干啊？这件事莫名其妙地成了一个悬案。此趟旅程悬案颇多，就像翔平在西安回民街与我们走散，我们用手机怎么联络他都没有接，当时吓得我跟婉婉四处奔找，就怕有什么意外。结果，二十几分钟后，我们回到刚刚的地点，翔平高人竟悠悠然地出现在我们身边。他说他一直在这里，也搞不懂我和婉婉老师干吗这么着急。悬案还包括天德有晚睡觉说梦话，一下瑶语一下普通话，但他的普通话里竟然出现：“我亲一个！我亲一个看看！”而最大的悬案再次回到翔平身上——蒙翔平同学饭前跟饭后，每一顿，都要上厕所，而且一上就是十分钟以上。“我也不知道怎么搞的，平常在大化不会这样啊！姚老师你说饭前饭后都要‘欧北’是青春期的特征吗？”

“青春期特征没有饭前饭后都要‘欧北’这一项！不要乱兜！而且你的实际年龄已经十九岁了，青春期已经过了，准备凋零了！”

穿过壮观的仿古城墙后，姚老师带我们往一个比较老旧的小区走。他说，这样的地方就有故事。我看见很多房子门上都用红笔写着“拆”。这些都是当地政府要拿来改成新式建筑的地方。我在上妆的时候，看见有个老爷爷坐在门口的椅子上打盹。我就这样一边化妆，一边偶尔看看他。爷爷醒过来，朝我笑一下，我的妆把他逗笑了。可以这样让人家笑真的很好。我突然想起了家乡，想起我过世很多年的爷爷。我们家的房子比眼前这些都还要老，到大化念书之后，有阵子我都觉得老家房子好破旧，可是现在我却很想念。不到外面的世界不会想起家乡的美好。

——翔平的日志，2014年7月29日

今年过年去了阿元跟贵山的老家，是种磨难。去贵山的老家，需要客运转私家轿车再转摩托，舟车劳顿已耗费大半天，然后还要再爬三四个小时的山路，山路凸起的石头绊脚，有时甚至路不成路，不小心往旁边深渊一望，只有头皮发麻，两眼发晕。沿途，贵山会指着某处，说谁在那里摔了，就没回来了，谁又在哪个地方失足，一样没了。贵山“一派轻松”却令人恐慌的提醒，让我一路战战兢兢。一听说去更远的翔平家难度指数是这个的两倍，我就打消了念头，直嚷着下次再说。

翔平对家乡有着浓烈的情怀，对已逝母亲的思念更是他各种创作的主旋律。化完妆后，翔平缓缓地朝着正向着他扮鬼脸的老爷爷走过去，带着他擅长的街舞滑步。翔平学着爷爷的动作，从空中抓起一把透明椅子坐下，对着和善的老人家“挤眉弄眼”。爷爷后来试着起身，身体有点失衡，翔平一个箭步上前搀扶，老人家点点头，然后抓起翔平的手往门内走去。我好奇地跟上，看着老人家向翔平递过一个塑料提袋，然后把手举到嘴前比了几个进食的动作。袋中装的是几颗应该已经放置了一阵子、形状都已坍塌的油炸物。翔平半信半疑地咬了一口，我半信半疑地观看着。夸张的表情浮现在翔平带妆的脸上，接着他把整颗都吞了下去，满足的姿态把爷爷再次逗笑。爷爷示意翔平也递一块给我。我抓起后小心地咬下，没料到我最爱的红糖的浓郁香味瞬间在口腔内散开，即便没带默剧妆，对着爷爷，我也给了个与翔平同款的夸张表情。黄色面体不像面粉，炸过后即使放冷了，也有股扎实的香气跟筋性，越嚼越香。后来我才知道这用黄米面包裹红糖炸成的美味，就是当地的特色小吃——油炸糕。

走出爷爷家时，翔平转身向老人家挥挥手，我才意识到，方才在屋内的所有交流，三代人，没有只言片语，却有一种贴近于心的温度与沉静。很美的默剧小品。

其他四个孩子游走的互动演出，也得到了当地住户们良好的响应，笑声此起彼落地在小区内传开。贵山跟阿元相当沉浸在表演中，不只跟观众玩得尽兴，还能利用环境与地形——矮墙、小土丘、门廊、窗台、柱子——打开表演场域的不同面向。

他们后来偕同金金转往一处已经拆毁的房屋群，默剧装扮在断壁残垣中有种冲突的美感。孩子们开始穿梭其中，随手捡起用来当作表演道具的对象，诸如相框、熊娃娃、锅铲、断脚椅等，是从前住户留下的生活痕迹；而这些化着妆的表演者，则突然像是家家户户残留的身影，在这即将消失的地方跳上一曲狂欢。

贵山的回音

洛阳青旅。入睡前，我们一站一站地细数了这趟旅程中令每个人印象深刻的事情。南宁的“小便斗洗手台”、洱海的“环湖骑行”和与白族小朋友的水中大战、成都宽窄巷子里的轰动演出、此生再也不碰的四川凉粉、金金的床单事件、姚老师生气事件、武术课、云冈石窟、黄河索道、嵩山少林寺惊人的小武僧……

“姚老师，我可以跟你说一个实话吗？”贵山的声音在黑暗中传来，房间顿时安静下来。

“喔。说啊。”

“就……在昆明那会儿啊，我不敢表演然后你讲我那次。其实，那时候我很恨你！”

“恨”这个强烈的字眼，从贵山的嘴里说出来简直像一把刀直戳我心口。房间内更静了，没有人想到贵山会说出这些话。我试着镇定下来，想把贵山的话听完。

“就觉得你把我跟阿元比，”黑暗中，我仍能感觉到贵山怯懦地想要探询我的反应，这件事显然横梗在他胸口太久，于是他最终还是鼓起勇气，“就觉得……他第一次表演不害怕并不代表我也应该不害怕。”贵山停在这儿，可能也意识到自己从来没有这样“大胆”过。

我却意外地感到一丝喜悦。这不就是整趟旅程我鼓励他们的——勇于表达自己真正的想法，不要人云亦云吗？

“让你感觉这么不好，我跟你说抱歉。真的。我当时的重点并不是刻意拿你跟其他人比，而是拿你跟自己说的话比。因为你从出发前就跟我说完全没问题，所以看到你整个退缩的样子，我觉得落差太大了。这个我之前都跟你说过了。但我承认，我说话的语气可能太急、太冲，让你有不好的感受。真的sorry啦。其他人也是哟，如果我之前讲的话或者行为有什么让你们感到不受尊重或不舒服的，姚老师趁现在这样灯关掉、暗暗的，比较不会尴尬的情况下，跟大家说声s-o-r-r-y，sorry啦。”

“啊……姚老师太搞笑啦！”贵山的回应让我知道，他没事了。

“姚老师，我，我也蛮‘恨’你的。”睡在上铺的翔平突然也发声了。我屏气凝神，想听他接下来要说的话。“我恨你这么可爱，像个‘杯面’！”翔平说。

整个房间爆出孩子们的笑声。不是因为那句称赞，而是后面那两个字。“杯面”，并非动画人物，也不是Batman（蝙蝠侠），是孩子们有一天在我的英文课上发明的，结合瑶语“欧北”中的“北”+英文“man”，他们说，美国有蝙蝠侠，大化有大便侠——蒙翔平。

终站　洛阳的旅行总结

“如果有梦想，你们的梦想会是什么呀？”

孩子们此时一起聚集到了贵山的床上，洒进房间的日光大好，照亮了每个人的脸。黝黑的、轮廓清晰的、多了点风霜点缀的脸。用梦想的话题作为这最后一天的旅行总结不是我的初衷。暑假之后，五个孩子升上初中，新的阶段——学业、爱好、情感、人际关系各个面向开始同时敲向他们的生活。

第一次到家园时，班老师曾经拿孩子们写的自我介绍给我看。写到“未来想要成为的人”这项，仿佛有种制式的答案——有钱人、超级有钱人、老师、警察——锁着所有孩子能够想望的未来。

“我想当个历史学家。”金金首先发言，“我想要以后像这次看兵马俑还有金沙博物馆这样到中国各地研究历史。”

“嗯。”我点点头，给了他一个微笑。

“我比较贪心一点。我现在的梦想是以后可以当个像你一样的表演者，可以到处表演。但我也想要成为一名作家，我想要写我的家乡。”

我同样也给了翔平一个微笑的回应。

“我想要开间青年旅舍。”平时较为沉默的天德将想法平静地说出口，我跟婉婉两人相视而笑。

“英文就是‘youth hostel’！”贵山马上接了上来，卖弄这两个从成都就开始纠缠他的英语单词。

“你呢，贵山？你的梦想还是两年前的科学家吗？还是默剧演员？”

“我啊，我想要赚很多很多钱，”其他的孩子都笑着，贵山继续说，“这样我可以帮助很多人，像姚老师跟台湾的叔叔阿姨帮助我们这样。我还可以回家盖房子和修路。”

“那你要靠什么赚钱啊？”婉婉老师问贵山。

“现在还没想到。”

“姚老师，我想成为摄影师，”阿元迫不及待地接着说，“想要当《国家地理》杂志的摄影师。”

《国家地理》杂志！这不知道是他在哪家青旅看到的信息，但我笑了，笑得很开心。

听他们说着各自的梦想，我知道，这趟旅程开启了他们对于自己可以成为什么样的人、拥有什么样的生活的想象，但我并没有给出任何的鼓励或言语上的支持和回应。因为，他们的路还很长，面对的现实考验还很多，梦想，不需过度谈论，在心里想过，放着就可以了。

“姚老师啊！我们明天就走了吗？”贵山问。

“怎么？不想回去啊？”

“不是。就……我们今天下午可以再表演一次吗？”贵山的提议着实吓到了我，但他一副认真的模样，他的四个同伴也纷纷表示赞同。

“哈！真的吗？好！好样的！我们就去街上表演最后一次！‘默剧出走’真正的最后一场演出！”

三个夏天

2014年夏天过后，五个孩子都升上了大化的中学，过着住校的生活。学校管理严格，他们只有星期六下午到星期天早上的时间可以放假。我能跟他们联系（通话）上的机会越来越少。

除了金金之外，其他四个人的学业成绩都不理想。阿元读了一年受不了就休学了。后来他和天德转去洛阳一家慈善公益学校，半工半读。贵山初中三年被老师视为问题学生，逃学、泡网吧、上课玩手机、夜不归宿等能挑战学校规定的事差不多都干了。翔平成了学校的风云人物，跳舞、表演默剧、写诗样样来。

三年后，阿元、天德依旧在洛阳，几乎和我断了联系。翔平的中考竟然成为黑马，以比预期高出近两百分的成绩挤进大化最好的高中，跟金金当同校同学。贵山也是一匹黑马，成绩比平常考试高出一百多分，但他对一般的升学通道没有兴趣。经过与我和家园老师们不断讨论和实地勘察之后，贵山选定柳州一所艺术专校就读，他的绘画天赋和创意能力终于有了一片可以施展的天地。

对贵山与翔平的资助，依然持续着。我从某种父亲角色的情感投射往后退了一大步，让孩子有足够的空间探索自己的路；我退回自己的轨道，真实地面对自己的生活。

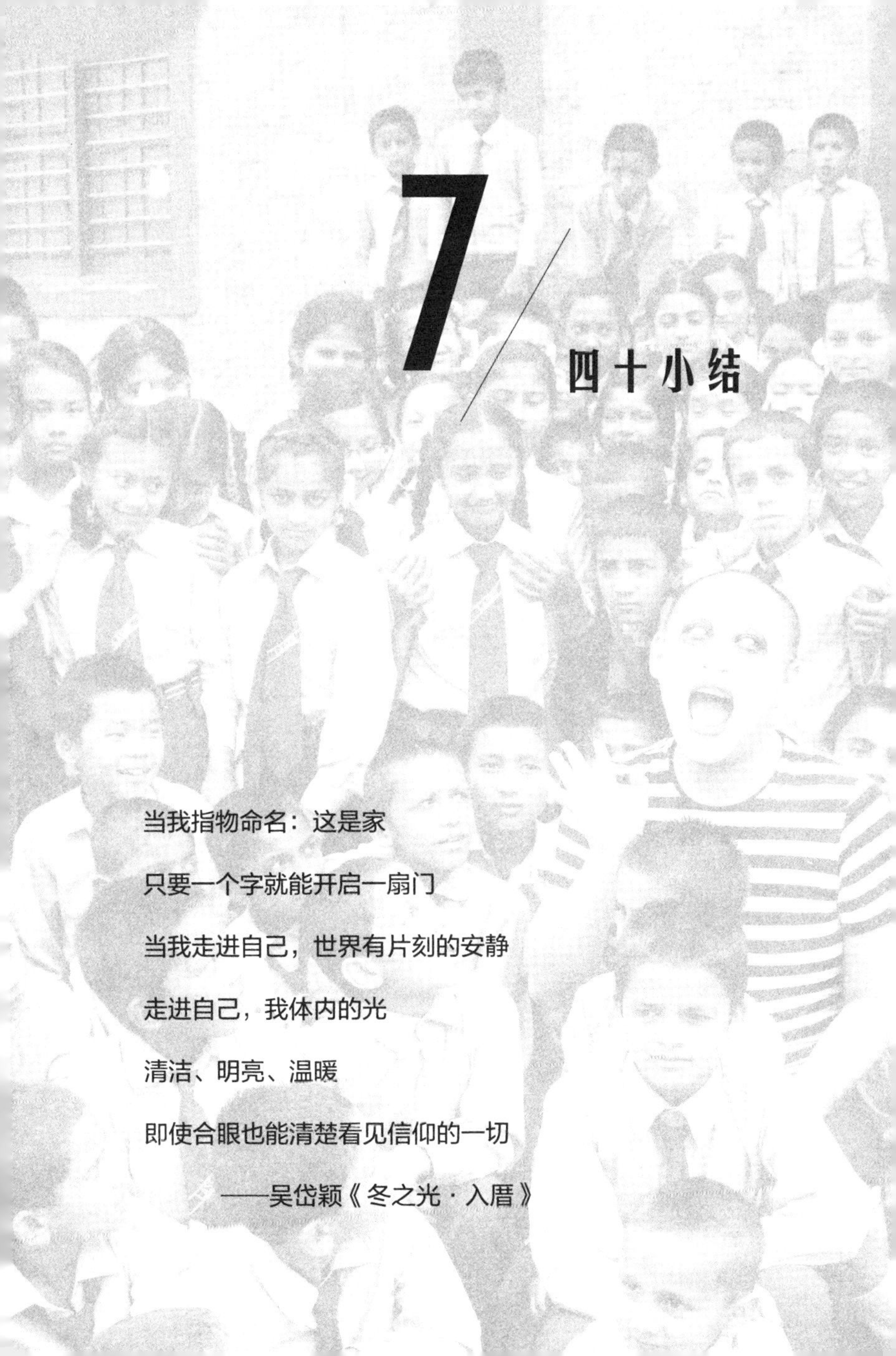

7 四十小结

当我指物命名：这是家

只要一个字就能开启一扇门

当我走进自己，世界有片刻的安静

走进自己，我体内的光

清洁、明亮、温暖

即使合眼也能清楚看见信仰的一切

——吴岱颖《冬之光·入厝》

我试着慢慢放掉始终紧握的拳头，

选择让自己被引导，去相信别人，

去表达爱与——被爱的需求。

父亲念兹在兹的这个三层楼家屋，

我也最终选择了——留下，并改变它。

将来，也许，我会有室友；

也许，属于我的小家庭，会在这里发生。

变动的家屋

“火来了！姚企涛！快，快走啊！”

“走啊！没有挂碍了！”

“姚企涛！快走啊！”

火化炉匣口关上的那一刻，姚企涛在台湾的子子孙孙正跪在地上声嘶力竭地喊着。声音如同正在烧化棺木的高温火焰，急切地驱策着一个人的离去。事实上，在这过道般的狭小空间里，“姚企涛”不是唯一被喊出的名字。四组家庭，各自守着一道炉口，不同的宗教仪式，不同的情感表达，炉内可以想见的炽热大火正在吞噬着他们各自的亲人；铁匣门再度开启时，离去的人肉体将会消弭成灰，所以，我们纷纷呼喊他们的名，矛盾地对逝者表露最后的牵绊与不舍，却也同时要隐匿它。

姚企涛，我始终无法这么疏离地喊叫他，但我也没能喊出“父亲”的称谓，只是默默地看着一切发生。七天前，父亲在大哥家中安然辞世，没有病痛折磨，九十四岁高龄，是种福气，大家都这么说。我也觉得父亲好福气，他的一生活得够了，了无遗憾。事亲至孝的大哥大嫂与我的两个姐姐对父亲关怀备至，连先后陪伴母亲与父亲临终的帮佣莎莉都是上天派来的礼物。父亲在台湾与大陆的八名子孙个个品格良善，如果这是他心念牵挂的，那他的人生早已圆满。父亲的遗容如睡着的孩子。子……亥……子，血脉相连，生生不息。

父亲真的没有遗憾吗？我又不免揣度着。患有老年痴呆的父亲在最后这两年里话语能力大肆退化，每次探访，除了简单的问候，我和他多半只是在客厅彼此相望；其实，这一直以来就是我们的相处模式，只是随着他身体的衰老，耳朵重听，眼皮沉重到几乎要把一只眼睛永久合上，说起话来会伴随着无法控制地流出的口水，我们的交谈变成单纯的陪伴。父亲过世前的几个星期，我趁着在澳门近一个月的工作结束返台后的一日空当，到大哥家探访他，那天父亲似乎特别开心，见着我，嘴里咿咿呀呀地讲个不停。不过他有气无力，字词含糊，还要劳烦最会解读的莎莉才能辨识出：吃饭没、穿衣服，以及那句相对完整的——房子要不要卖掉？

母亲逝世后，随着父亲与莎莉搬至台北与大哥一家同住，这个问题父亲见到我时每每都要提问。他担心我一个人住在这栋位于树林中的三层楼房屋会有危险，房子的开销对我也会是负担，但我总是以近乎严厉的语气堵住父亲的询问：“不卖。干吗要卖？”

没对父亲说出口的其实是我对这个家（出乎自己意料）的眷恋——这个我曾经找不到存在感，极度想逃离的家屋。母亲走后，姐姐们将家里整理一番，过去“和气商行”时代留下的许多器具（那竹编的大蒸笼与快速炉重见天日，随即又拜拜），以及母亲的衣物、冰箱里堆放的过期食品能处理的都处理了。我从那堆等待处置的废弃物中随手抢救起几件母亲的衣服，一件绿色的长大衣，一件土黄色的长袖毛衣，剪裁合身，颜色大胆，都未曾见母亲穿过。想想，应该是她年轻时的穿着。除了出身南投秀峰的种茶人家，以及年轻时在父亲所在的军营里当裁缝因而认识父亲之外，我发现自己对母亲的过往一无所知，也从未有兴趣过问。老照片里记录了母亲年轻时的美丽身影，同样的人怎么会在日后我的记忆里成了那个我所惧怕且怀恨的存在？是她曾加诸我身上无数的言语暴力，还是我其实默默地把那年夏天遭受的身体暴力怪罪于她对我一贯的否定与排斥、她的无能为力所致？

少了母亲存在的家屋有了变化：先是墙壁龟裂的情形日益加剧，继而电器密集地出故障，居家的许多问题处置全落在毫无头绪的我的身上。我开始从茶几上那本写满母亲字迹的老旧电话及记事簿里寻找问题对应的窗口：水电行、瓦斯行、冷气行……实际的问题好应付，但随着母亲的逝去，她生前经常走动及停留的地方却在我的情感上落陷成一处处黑洞，不断吸啜着我的悲伤。我才发现，这栋被有洁癖的母亲打扫得一尘不染的三层楼老房子和这个五口之家的支柱，其实就是母亲本身——她那份与自我顽抗、凡事斤斤计较、不假手于他人的坚韧且强烈的性格。而三十多年来，我一直抗拒且否认的另一个事实是：我，其实承接了与母亲相同的性格。

只是，从母亲的死亡，我才看见了那至死方休的精神疲惫。

我于是开始学着慢慢放掉始终紧握的拳头，选择让自己被引导，去相信别人，去表达爱与——被爱的需求。而父亲念兹在兹的这个三层楼家屋，我也最终选择了——留下，并改变它。将来，也许，我会有室友，这里也许会成为一个工作室或迎接各地沙发客来临的所在；也许，属于我的小家庭，会在这里发生。

是的，当父亲正以姚企涛的身份与火神错身时，我满脑子却是对家里这三层楼房子的未来走向的灵感，这个房子的前身就是和气商行不是吗？哀戚的火葬场中，没人发现我的嘴角浮出一抹微笑。

遗体火化需要一个钟头的时间，我们一行十四人陆续起身准备转到旁边的休息室等待最后的捡骨程序。

青春牛仔裤

“咦？儒，我早上给你的那个纸袋你放在哪里了？”大嫂的声音已经些许沙哑，镜片下的双眼还有点浮肿。

“哪个袋子？”同样一脸哀戚的二姐忙着一边用手拭去脸上残留的泪水，一边疑惑地问道。

“装着姚惟中牛仔裤的那个袋子，他等会儿要换回来。”长孙在仪式时必须身着黑衣黑裤，牛仔裤则是方便仪式结束后换穿。

“咦？”二姐的疑惑持续着，她很努力地回想，然后——“啊！那袋子里装的是姚惟中的裤子？不是要放在爸的棺木里烧给他的东西吗？我——我——糟糕，我早上把它放进去了——”

我们可能是极少数在火葬场爆出笑声的家庭。尤其二姐的失误给了方才因为想象房子未来用途而喜不自禁的我一个光明正大的完全解放的机会，不管场合多么不适宜，一想到往生净土的父亲莫名其妙地带上了一条青春仔的牛仔裤，我实在是怎么样都要好好地笑上一回。

“啊！”刚痛失爱裤却也无可奈何的侄子惟中突然叫了一声，莫非事情有翻案的可能？“我早上没吃完的饭团也在那个袋子里面！”

波德莱尔说：“我总是在婚礼的时候哭，在葬礼的时候笑。”

笑，就这样再度张扬开来。我开始在侄子侄女面前模仿起爷爷硬挤进年轻小伙子的牛仔裤、吃着半坨饭团的模样。这是我这阵子最棒的表演，信手拈来，浑然天成。我们都笑了，极尽所能地笑，至少我是如此，有股欲望驱策着我这么做，而就在笑到了极致时，我竟然发现，它跟哭泣没什么两样，两者的尽头都是一片无所适从的空白与荒芜，一种气吐尽又猛吸一口气后大脑的断片。我想，所有的情绪也许就是那一吸一吐的气息而已，没有更多，没有更少；快乐、伤痛，出生、死亡，也许并无二致。

父亲的小礼物

2015年春节，我们在父亲的后事中度过。大陆的大哥迎了父亲一部分的骨灰回去，父亲归乡的心愿终于象征性地了结，我想，跟他同处在一个塔位的母亲不会反对，毕竟她还拥有父亲的绝大部分。但，这些其实都只是我聊备一格的自娱想象而已，已逝之人如果还有情绪，那也未免太浪费死亡本身。

3月，姐姐们回到家里，照母亲后事之例，想要将父亲的遗物做一次清理。我停下在南部的工作行程，回家里帮忙。与其说帮忙，其实两个姐姐已经很有效率地处理掉了绝大部分的遗物，很多时候，我只是在随手翻看父亲留下的信件和随笔。然后，我想起二楼客厅里那个父亲十几年前亲手制作的用来专门放置相簿的木头立柜。父亲有为全家人收集并整理照片的习惯，十几本厚重的塑料相簿一字排开，每本都写着他和母亲及我们四个子女的名字。然而，在我准备翻看这些回忆时，一本被夹塞在两本相簿中带有绿色纸质外皮的素描簿吸引了我的注意。翻开簿子，我看见七年前的自己。2007年，我回台后的第一个制作——*PAPA*（《爸爸》）——讲的就是父亲的故事，也是全家来看过我的唯一一次演出。素描本第一页贴着的是当时的简报，照片里的我戴着戏里的面具，但面具背后，初生之犊，当时，天真地以为广大的舞台会就此展开。简报下方有父亲潦草的字迹，写着“尚德的舞台剧演出”——而这，只是父亲搜集我的简报的开端。泛黄的简报从2007年跨到2010年，虽然只有寥寥数页，实在称不上精彩，但当我的双手亲抚着那多半已经浮起的报道，以及父亲笔下收敛的批注，这些年来他默默进行这项工作时的神情与姿态仿佛跃然眼前。记录到2010年骤然停止，来年，也许是父亲老年痴呆症的症状加剧，素描本从此留下大片的空白。

父亲以他的方式爱护着我，我想，母亲也是。

（芦一 摄影）

选　择

收起素描本，整理完父亲的遗物，我又回到南部准备将实施到第二年的“默剧出走・台湾小角落”计划做个收尾。借由这项计划，我在台湾各地驻点创作，重新认识这片土地，并寻找默剧表演外的艺术灵感。三年来，我的老旧摩托车驮着我进入了许多意想不到的台湾小角落，同时也认识了许多平凡且精彩的人。这项父亲不再能搜取简报并做记录的计划，现在踏实地填写着我生命的纸页，并重新描绘出一个关于我的新的轮廓。

在台南最后一场铁路沿线的演出结束后，告别相处了一个多月的伙伴及热情的沿线居民，这次跨度长达半年的计划终于画上句号。骑上我那征战沙场的摩托准备在夜色中返回朋友提供的住所时，手机通信软件突然传来熟悉的提示铃声。信息来自那个承诺老了要帮我推轮椅的好友：

“欸，某那姆［这是我们给彼此的昵称，从法文mon amour（我的爱）音译而来］，你在干舍谋（什么）？”

“没啊，演出刚结束。”

“是喔。演得枕（怎）样？”

“呃，你是有心要知道还是应酬问问？”

“就应酬问问。”

“所以传信息来是要……”

“欸，我刚突然想到，”

“啥？”

“就……你现在其实跟贵山他们一样。”

“啥？”

“就……你也是孤儿了耶。呃。”

“对耶。哈哈哈。我也是孤儿惹（了）。呜呜。已哭。”

“对，但，你是老孤儿。”

“哈哈哈哈哈哈哈哈哈。老孤儿。呜呜。已哭 ×2。”

这个包含我和柔孜、怡孜姊妹花的“敬，我们无聊的人生（还有小格局）”三人聊天群组每天刷过许多恢宏的、隐晦的、怪异的、（也许）猥琐的，当然更多是小格局的想法与留言。“无聊”“小格局”一直都是我自己认为的人生本质。小学时，我的志愿是当个市场的菜贩，因为中午可以买排骨便当来吃；大学毕业，我其实想就留在民雄种田，教教英语；留法那几年，我想当个拥有烤箱的家庭主妇；再后来，我想，也许有个孩子呢？（放心，我会注意他/她的饮食。）没有什么宏大的企图与远见，但生命却一再把我往相反的路径推去。排骨便当、锄头、苹果派我都还没拿到，双手及肩头承接的责任已经越来越多。朋友总说，你贵人好多，我多半苦笑着说感激。在进入四十岁的年头，生命里有些既定的开始松动，有些散乱的开始集聚，“四十而立”。

四十，心中也同时拥有一股清明。我看着死亡穿越过我的至亲，穿越过我的过往，穿越过我曾经希望自己能变成的超人形象；死亡继续往前去，有天，它会穿越过我。只是，在那之前，我选择继续自由呼吸，选择观看每天发生的小死亡与小新生，我享受自我推翻与重建的泪水与欢笑，不管人前人后，是的，生命最后的总结何时发生我们不知道，但我知道，在它临近前，我总是可以选择。

四十，我继续在世界行走，转头，才发现身边有了许多的同行者。